おとら
［イラスト］夜ノみつき
国王である兄から
辺境に追放
されたけど
平穏に暮らしたい
～目指せスローライフ～

ベア
マルス
シロ
ラビ

レオ
リン
シルク
「マルス様は、何を作るんですか？」
「ふふふ、よく聞いてくれました！それは――唐揚げです！」
「……唐揚げですか？」
「……聞いたことないですね」

「ちょっと!? マルス様に変なことを教えないでくださいませ!」
「ふふ、マルス様は常識外れですからね」

国王である兄から辺境に追放されたけど平穏に暮らしたい
～目指せスローライフ～

おとら

［イラスト］夜ノみつき

プロローグ

……あれ？　ここは？

気がつくと、俺は真っ白な空間にいた。

まるで某マンガの、精神と時のアレみたいな……。

「なんだ、ここは？」

落ち着け……まずは、自分のことだ。

「俺の名前は、佐々木健斗《ささきけんと》。年齢は三十五歳の社畜。孤児だから家族はいないし、恋人もいない……うん、合っている」

次は、どうしてこんなところにいる？

さっきまで、何をしていた？

「えっと、たしか……そうだ」

会社の帰り道に、階段から落ちてくる女の子を助けたんだ。

そして、それ以降の意識がないってことは……まさか。

「俺って──死んだのか？」

「ええ、そうですよ」

振り向くと、白い羽を広げた美女がいた。

「天使ってことは……天国に行けるのか？　ほっ、良かった」

ロクでもない人生だったが、天国に行けるなら悪くはない。

「ず、随分と落ち着いてますね？」

「最初は驚きましたけど……まあ、切り替えは早い方なので」

じゃないと、やっていけないような人生だったし。

孤児スタートで、不正受給をしてた施設で、虐待を受けて。

高校も行けずに、中卒で働いて。

いちいち気にしてたら、生きていけなかった。

本当に……死ななかった自分を褒めてやりたいくらいだ。

「そ、そうですか。そういうレベルじゃないような……」

「それで、俺はどうすれば良《い》いですかね？」

「えっと……まずは、貴方《あなた》には選択権があります」

「地獄か天国かってことですか？」

「違いますよ！　コホン……貴方は、一人の少女を助けましたね？」

「ええ、まあ……」

「彼女は、いずれ世界を救う女の子なのです」

「はい？」

「貴方のいた世界とは違う世界があります。名前は、ユグドラシル。彼女はいずれユグドラシルを救うために、貴方のいた世界から召喚されるはずだったのです」

よく見る異世界ファンタジーみたいなことか？

「はぁ……それがどうしたのですか？」

「ど、動じませんね……ですが、そうはさせまいとユグドラシルに封印されている邪神が動きました……まあ、詳しい説明は貴方には必要ないですね。とりあえず、その邪神が私の隙をついて、彼女を殺そうとしたのです」

「へえー」

そんな小説みたいなことってあるんだな。

まあ、俺には関係ないけど。

「軽い！　世界の命運がかかってるのに！」

「そんなこと言われても……もう若くないですし」

「もういいです！　そ、それで、貴方にはお礼として、異世界転生の選択権を差し上げます」

「……はい？」

「ユグドラシルに転生できるってことです」

「じゃあ、それで」

「うんうん、わかりますよ、いきなり言われ……え？」

「転生でお願いします」

「え!?　もっとこう……異世界転生!?　ヒャッハー！　とか！　キタァァ——!!　とかないんです

か!?」

「自分、おっさんなんで」

とりあえず、平和に暮らせたら良い。

次こそは、静かにのんびりと生きたい。

「今までとは違いますね……」

「他にもいたんですか？」

「ええ、貴方のような方が。その人達は知識チートや俺つぇー、ハーレムやざまぁなど……好き勝手にやってましたね。まあ、それだけなら別に良いんですけど……」

最近の流行《はや》りのオンパレードだな。

「まあ、気持ちはわかりますよ」

俺も会社の上司や、俺を捨てた親にざまぁしたいし。

「そうですよね！　ただ、ひどい方だとやたらめったらに大量虐殺をしたり……それは流石《さすが》に困るのです。人間は我々の眷属《けんぞく》なので」

「ふんふん、なるほど。好き勝手にも限度があると」

「ええ、その通りです。ちなみに魔物は邪神の手先なので、殺しても構いません。というわけで、貴方にもチートを授けます」

「それはどんなものですか？」

「いわゆる魔法チートというものですね。人より魔力が高く、属性も火水風土の四属性全てを扱うことが可能です。その気になれば、国一つくらいは簡単に滅ぼせるでしょう」

「へぇ、それはすごいですね」

「ただし！　人をむやみに殺した場合、チートが剝奪されます」

「なるほど……その基準はなんですか？　例えば、正当防衛とか」

「良い質問ですねっ！　それならば不問とします。あとは、あちらの世界で犯罪者と呼ばれている人達も許可します。もちろん、嬉々《きき》として殺すのはどうかと思いますけど」

「なるほど。つまりは、むやみやたらに殺すなってことですね」

「ええ、全員私の世界の住人ですからね。先ほど言ったように、過去にそういった方々がいたので……正当防衛は仕方ないですし、むやみに殺したりしなければ良いです」

「わかりました、それで良いですよ。別に人殺しになりたいわけでも、英雄になりたいわけでもないですから」

「ほっ……良かったです。他に何か質問はありますか？」

「向こうはどんな世界ですか？」

「そうですね……概《おおむ》ね平和かと思いますよ。おそらく、戦争とかはないはずです」

「……おそらく？」

「えっと、その……私も下界をいつでも見られるわけではないので……」

「神様の制限……ルールみたいなことですかね？」

「そ、そうです！」

よくわからないが、これ以上突っ込まない方が良さそうだ。

「それじゃあ、そろそろ行きます」

「ほっ……では、転生の門をくぐってください」

すると、目の前に門が現れる。

「えっと……」

「まだ、何か質問ですか？」

「赤ん坊からですかね？」

さすがにいい年したおっさんで、赤ん坊からはきつい。

というか、少年時代すらきつい。

「そうですよね……何歳くらいが良いですか？」

「選べるんですか？」

「ええ、一応。貴方の魂の記憶が蘇《よみがえ》る年齢を設定するだけなので」

「なるほど。俺自身の魂で生まれて、歳《とし》をとると蘇ると。では、十五歳くらいでお願いします」

「良いですが、記憶が突然上乗せされるので、少し戸惑うかもしれませんよ？」

「まあ、それで良いです。それくらいの歳なら、ギリギリ大人に近いですし、自由に動けますし」

「わかりました。一応、それなりに良いところに転生させますからね。では、いってらっしゃい——良き異世界転生を」

「ええ、いってきます。ありがとうございました。次こそは、平穏無事な生活を送りたいと思います」

俺が門をくぐると、光の奔流に包まれる……。

ああ……次こそは……きちんと寝られて、ゆっくりと飯が食える人生を……そう、スローライフを送りたい。

そう願ったところで、俺の意識は消え去った……。

一話

うーん、やっぱりこうなっちゃったかぁ。

前世の記憶を取り戻した俺は、玉座の間にて確認をする。

「さて、少し振り返ってみようかな」

天使の計らいにより、ユグドラシルという世界に転生した俺。

とりあえず十五歳になり、今さっき前世の記憶を取り戻したというわけだ。

ユグドラシル大陸の中央に位置する、フリージア王国に生まれ、その国の第三王子として転生したようだ。

「ふんふん、言う通りいい生まれってことだね」

とりあえず、両親は俺が幼い頃に事故で亡くなっていること。

兄が二人と、姉が一人いること。

歳が十二歳違う、長男であるロイス兄さんが国王の跡を継いでいる。

歳が四つ違う、次男であるライル兄さんは騎士団の一員として働いている。

八歳上の姉であるライラ姉さんは、宮廷魔道士として働いている。

「うんうん、みんな働き者だね」

しかし、俺だけは何もしていない。

朝から晩までグータラ生活を送っていたようだ。

魂は俺なので、もしかしたら社畜だった反動なのかもしれないけど……ただし、国民の税金を使っていた。

まあ当然――こうなるよね。

「マルス！　お前を追放する！」

「はい、いいですよー」

「わかる！　お前の気持ちは！　だが、俺とて好きで……なに？」

「いいですよー、追放で」

「い、いいのか!?　もう、ここでは暮らせないぞ？　朝から晩までグータラできないぞ？」

「はい、今までご迷惑をおかけしました」

「いや、お前が心を入れ替えるなら……」

「なりませぬぞ、国王陛下。そういう手口に決まっております」

「宰相……う、うむ、それもそうだな。お前を辺境都市であるバーバラに送る！　そこで厳しい生活をして、根性を叩《たた》き直《なお》すといい！」

「畏《かしこ》まりました。それでは、失礼しますね」

俺は一礼をして、その場から立ち去る。

自分の部屋に帰ってきた俺は、ひとまず整理する。

「マルスという人間に、単純に前世の俺が上乗せされた感じかな？」

ここまでの思い出がありつつも、前世での思い出も思い出せる。

基本的にはマルスであることに間違いはないね。

憑依《ひょうい》や乗っ取りではないってことだ。

「あくまでも、前世の記憶が蘇っただけって感じかなぁ」

まあ、両方とも俺だし……そのうち慣れるよね。

「しかし……グータラしすぎたな、我ながら」

剣の稽古や魔法の稽古もしない。

魔物退治や、戦争にも出ない。

勉強もしないし、舞踏会にも出ない。

ずっと、王都の中でグータラ生活を送っていたようだ。

「多分、転生する時の想《おも》いが強すぎたんだろうなぁ」

今度こそは、ゆっくり寝て過ごしたい。

飯食ってダラダラしたいと。

ただ。少々やりすぎたっぽい。

「そりゃー追放はされるし、こう呼ばれるのも無理はないよね」

そう、俺は皆からこう呼ばれている。

穀潰しの末っ子マルスと……。

二話

さて、これからどうしようかな？

部屋に戻ってきて、とりあえず鏡を見て……俺は、改めて思った。

「うん、見慣れた顔だね。前世の俺からしても」

長男のロイス兄さんは、金髪碧眼《へきがん》で細身のイケメン。

次男のライル兄さんは、体格の良い金髪碧眼のワイルドタイプのイケメン。

ライラ姉さんも金髪碧眼で、ナイスバディなモデル体形の美人さん。

「なのに俺、黒髪黒目だね。フツメンの日本人にしか見えないけど？　身長も平均的だし。たしかこの国は、前に世界を救った異世界から召喚された聖女と、現地の英雄が結婚してできた国だったよね」

なんでも、その時の聖女は黒髪黒目だったらしい。

なので、俺みたいなのは先祖返り、または神童などと呼ばれたりする。

だからこれだけグータラしてても、今まで平気だったんだろうなぁ。

「まあ、正直言って……違和感がないから助かるけどね」

辺境都市バーバラかぁ……たしか魔物が住む森があって、国を守るために、奴隷を使っているって話だったっけ。

「奴隷ね……社畜の記憶が蘇った今、他人事《ひとごと》とは思えないなぁ」

記憶のすり合わせをしていると……足音が聞こえてくる。

「マルス様！」

「おや、シルク。どうしたんだい？」

婚約者であるシルクが、慌てた様子で部屋に入ってきた。

たしか四大侯爵家の一つである、セルリア侯爵家の一人娘だ。

「ど、どうしたじゃありませんわ!?」

「あっ、婚約破棄かな？」

「え？　そ、そうですわ！　お父様が……」

まあ、無理もない。

追放される俺の婚約者であるメリットがないもん。

今までは、辛《かろ》うじて残ってたけどね。

「シルクなら、もっと他に良い人がいるよ。可愛《かわい》いし、スタイルもいいし、優しいから」

これは本当だ。

銀色に輝く髪。

透き通るような青い瞳。

メリハリのある身体《からだ》。

見た目は可愛らしいのに、意外と気の強いところと意志の強い瞳が、俺は好きだったんだ。

何より……俺みたいな人にも、根気よく付き合ってくれた。

前世の記憶を思い出した今、こんな良い子を縛るわけにはいかない。

「な、なっ——!? そ、そんなこと、今まで一度だって……」

「ごめんね、照れくさくて……あと、君を縛りたくなかったから」

「マルス様……わ、私は……！」

「失礼します、マルス様。おや？　シルク様？」

「やあ、リン」

部屋の入り口に、燃えるような赤い髪をポニーテールにしている女性がいる。

リンといい、俺の専属のメイドさんで護衛でもある。

ちなみに炎狐族《えんこぞく》という種族の獣人で、人に近い容姿に尻尾と耳が生えている。

そう！　この世界には獣人さんがいるのだ！　もふもふだよ！

「リ、リン……マ、マルス様！　待っててくださいませ！」

そう言い残し、シルクは走り去ってしまった。

「はて？　どういう意味だろ？」

「罪作りな方ですね。さて、追放されましたね？」

「そうだね、まあ妥当でしょ」

「私も、そう思います」

「相変わらず、はっきり言うね。あのさ……」

「私はついていきます、貴方に拾われた命ですから」

「そう……わかった。なら、出ていこうか」

「荷物は良いのですか？」

「まあ、いらないかな。これからは自分で稼ぐことにするよ」

「おや、頭でも打ちましたか？」

「ある意味、近いかもね」

記憶を取り戻す前の俺は鍛錬などしたことがなかった。

故に、自分が魔法チートを持っていることなども知らなかった。

でも、天使の言うことがたしかなら戦えるはず。

なら、魔法で稼げるようにすれば良いよね。

結局、俺は何も持たずに城を出ていくのだった。

三話

城を出たら、まずは冒険者ギルドに向かう。

理由は単純で、今の俺は文無しである。

リンが調味料や少しの食材やお金を持っているとはいえ、それらは多くない。

なので、行きの道中で魔物や魔獣を狩って、向こうでその素材を売るために登録する。

「ところで、護衛は良いんですか？　多分、国王陛下は用意してると思いますけど……」

「まあ、そうだろうね。ここからバーバラまでは、最低でも四日はかかるし」

兄さん達は、兵士を用意して送っていくつもりだとは思う。

でも、俺はそれがめんどくさい。

どうせ、あーだこーだ言われるし。

だから、黙って出ていっちゃおう。

「平気だよ。道中には大した魔物は出ないし」

「まあ、そうですけど……」

「何より、リンを嫌な目に遭わせたくないし」

この世界の獣人の立場は厳しい。

基本的に奴隷階級で、人族に使われることに慣れきっている。

一部の人からは、人間になれなかった『なりそこない』とまで言われている。

「マルス様……ありがとうございます。では、私がお守りしますね。あれ？　でも冒険者ギルドに行くんですよね？　登録するんですか？　それとも、護衛の依頼ですか？」

「いや、護衛はいらないよ。一応、リンがいるしね」

俺の身長は多分、百六十五センチくらいで……リンは俺よりもちょっと大きい。

モデルさんみたいな体形で、この世界の女性としては高い部類だ。

狐系の獣人で、頭には二つの耳と、後ろにはカールした尻尾がある。

容姿は綺麗系《きれいけい》で、凜々《りり》しい感じだ。

「まあ、私はD級ですしね」

冒険者ランクは上からS、A、B、C、D、E、F、Gとある。

依頼事にポイントがあり、それが一定数貯《た》まると試験が受けられる仕組みだ。

リンは中ほどということで、まあまあの実力者ということだ。

まだ二十歳という若さなので、なかなかである。

「強くなったよね。初めはガリガリで弱かったのに……」

「貴方に助けていただきましたから。獣人である私を、貴方は救ってくれた。そのご恩をお返しするには、学のない私は強くなるしか方法はありませんでしたし」

「もう、気にしなくていいんだよ？　今までも世話になりっぱなしだし、これからは給料も払えないよ？」

「問題ありません。貴方がいる場所が、私のいる場所ですから」

「そっか……ありがとね、リン。これからもよろしく頼むよ」

「はい、お任せを。シルク様の代わりに目を光らせておきます」

「はい？」

「いえいえ……さあ、行きましょう。こっちです、ついてきてください」

リンの後ろ姿を見ながら、ぼんやりと思い出す。

「リンは俺が小さい時に奴隷として売られていて……」

俺が無理を言って買い取ったんだよね。

生まれて初めて奴隷を見た時で、ものすごい嫌悪感を覚えたんだ。

この世界では当たり前のことなのに……。

でも、今ならわかる……俺の魂が拒絶反応を起こしていたのだろうと。

……社畜で奴隷のような日々を。

その後、冒険者ギルドに到着する。

冒険者は、どこの国にも属さない何でも屋さんだ。

荷物を運んだり、護衛をしたり、魔物や魔獣を倒したり、仕事内容は多岐にわたる。

国籍や身分を問わず誰でもなれるから、結構人気の職業でもある。

あと、腕の良い者は貴族に取り立てられることもあるし。

「ふふふ、俺もいよいよ冒険者だね！」

「えっと……なんでテンション上がってるので？」

「男の子だからさ！」

「はぁ……変な人ですね。まあ、いつものことですが」

「ひどくない？　俺、一応主人ね？」

「では、主人らしくしてくださいね」

「はーい」

そのままリンに案内されて、ささっと登録を済ませる。

なんと！　ほんの二、三分で終わってしまった！

「早っ！」

「そんなものですよ。いちいち時間かけてたら仕事になりませんし。わからないことやルールはガイドブックに載ってますし」

「まあ、そうなんだけど……」

前世の記憶を思い出したからか、こういうイベントには憧れがある。

新米冒険者に絡む奴とか、頼れる兄貴分とか、色気のあるお姉さんとか。

「さあ、出発しましょう」

「そうだね、早く行かないと強制的に連れていかれちゃうしね」

「あり得ますね、宰相辺りが」

「嫌われてるからなぁ……」

まあ、無理もない。

穀潰しが好かれるわけがないもん。

宰相が悪いわけではなく、俺が悪いんだし。

その後王都の出口にて馬を拝借して、辺境都市バーバラに向かうのだった。

ちなみに文無しなので、リンが払ってくれましたとさ……少し持ってくれれば良かった。

四話

馬に乗って、街道を行く。

もちろん、俺が後ろだ……別にやらしい意味はないよ？

単純に、俺が馬に乗れないだけです。

どうやら俺の生活は、起きる↓飯↓寝る↓飯↓本を読む↓おやつを食べる↓寝る↓飯↓風呂↓寝る……とまあ、このような感じだったようだ。

我ながらひどい……まさしく惰眠をむさぼるニート生活。

「さて、この街道は騎士団達のおかげで大した魔物は出現しませんが……」

「うん、わかってるよ。ゴブリンやブルズくらいは出るよね」

「ええ、そうです。私は馬に集中しますし……逃げる方向でいきますか？」

「いや――俺がやるよ」

「え？　……それはどういう意味で？」

「まあ、見ててよ。少しやる気を出すからさ」

「――ッ!!　や、やはり、そうだったのですか」

「え？」

「今まで頑《かたく》なに使わなかったのは……感服するばかりですね。では、見せていただきます」

ん？　どういう意味だろう？

……まあ、良いか。

勝手に勘違いしてくれてるみたいだし。

ただ、記憶がなかったから使ってないだけなんだけど……。

俺は別に『何かやっちゃいました？』系になるつもりもないし。

街道を走り続けること、数時間……。

「む？　いましたね」

「ギャキャ！」

「グギャ！」

醜い身体に、落《お》ち窪《くぼ》んだ顔。

少年くらいの大きさで、緑色の皮膚……うん、ゴブリンだね。

「ロックブラスト――続けてウインドカッター」

「え？」

「グギャ!?」

「キキャー!?」

一体は石の玉で胴体に穴が開いて、もう一体は真っ二つになり地に伏せる。

そして身体が消え去り、小さな石になる。

これが、魔物の特徴だ。

そして魔石には魔法を込めることができ、人々の生活の役に立っている。

「そういや……これなくなったら困るんじゃないかなぁ」

天使は、いずれ聖女が魔物を生み出す邪神を倒すとか言ってたけど……。

そうすると、困るよね……まあ、今の俺が考えることじゃないか。

「ん？　……リン？　ぼけっとしてどうしたの？」

「連続詠唱……？　それに違う属性の魔法を……何より、威力が……」

なるほど、静かだと思ったら驚いてたのか。

魔法は扱いが難しいので、熟練した達人以外は連続では撃てない。

火、水、風、土の四属性があるが、人族なら魔法を使えることは珍しくない。

しかし魔物を倒すほどの魔法を行使するには、魔力とそれを扱える才能が必要となる。

威力についても、下級魔法で一撃なので驚いたのだろう。

これが、チートってやつだろうね。

「まあ、こんな感じだから」

「なるほど、これは隠しておいて正解ですね。こんな力があることが知れわたっていたら……」

「はい？」

何か勘違いされてる？

ただ単に、魔法が使えるの知らなかっただけなんだけど？

こちとら、そういうものから逃げ続けてきたんだから……我ながらひどい。

「いえ、何も言わないでください。やはり、私の恩人は立派な人間ということがわかりました。シルク様も、きっと気づいていたのでしょう」

「……助かるよ」

どうしよう！　今まで怠けすぎたせいで、色々勘違いされてるよぉ～。

「では、魔石を取ってきますね」

リンは馬から下りて、作業を行っている。

「それにしても……」

魔物かぁ……殺したけど、全然忌避感はないなぁ。

もちろん見た目の問題もある。

やっぱり、俺はこの世界の人間ってことだ。

前世の記憶は、あくまでも記憶があるだけみたいな感じ？

まあ、この世界で生きていく上では楽かもね。

再び進んでいると……。

「マルス様！　ブルズです！」

「おっ、あれがそうなんだね」

実物を見るのは初めてだ。

猪《いのしし》に似た魔獣で、その突進となんでも食べる雑食性から危険視されている。

見つけたら殺すのが義務であり、その肉は美味《おい》しくて庶民の味方である。

ちなみに……魔獣と魔物は別物《べつもの》だ。

区別は実に簡単で、魔獣は魔石にならない。

魔物は魔石になる。

魔物は人類の敵であり、魔獣は敵でも味方でもない。

友であり、敵でもあり……食材でもある。

つまり——食材確保じゃー！

「リン！　今日の飯だよ！」

「はい、今度は私が行きます。魔法ではもったいないですから」

「うん、お手並み拝見といこうかな」

別に魔力はまだまだ余裕があるけど、ここは任せることにしよう。

威力の加減を間違えたら、美味しい部分もぶっ飛んでしまうかもしれないし。

「ええ——シッ！」

居合いのように鞘《さや》から剣を抜き……地を這《は》うように駆け出す！

「ブルル！」

それを見て、敵も同時に駆け出して……。

「ブルァ！」

「なんのっ！」

リンとブルズが交差して……鮮血が舞う——ブルズの首から。

「おおっ！　カッコいい！」

リンが実際に戦うところなんか、初めて見るけど……。

刀っぽい武器といい、居合いといい、カッコいいよなぁ。

「そ、そうですか……あ、ありがとうございます」

おや？　頬をかいて照れてますね？

どうやら、リンはクーデレさんなのかも？

……だんだんと、前世の感覚が戻ってきた気がする。

「うんうん、しっかり首だけ切れてるし。それにしても、魔獣に魔物かぁ」

そう……この世界には、前の世界でいうところの普通の動物はいない。

いるのは、魔獣という生き物だ。

でっかい昆虫だったり、強い草食獣や肉食獣、人を丸呑《まるの》みできる魚など……。

元々そういう生物しかいなかったのか、この世界に適応したのかはわからないけど。

「それで、どうします？」

「うん？　あー、そっか」

この世界には、みんな大好きアイテムボックスはないようだ。

空間魔法とか、そういうのもないらしい。

……あれ？　意外とチートでもない？

「暗くなってきたし、お腹《なか》減ったなぁ」

「ふふ、そうですね。じゃあ、ごはんにしますか」

よーし！　レッツクッキング！　流行りの異世界飯だ！

五話

さて……異世界飯だ！

幸いにして、この世界にはスパイス類は豊富にある。

これなら、俺が知ってる様々な料理なんかも作れる。

……今更だけど、なんで豊富にあるんだろ？

スパイス類の発展は、料理の発展でもある。

料理はないのに……やっぱり、昔は食料が取れたってことだよね。

「マルス様？　まずは解体しちゃいますね」

「あっ——待って！」

「マルス様？」

アブナイアブナイ、今は考えなくていいか。

切り分けた肉を食うのも良いが、異世界飯ならアレだろう。

いや、たとえ前の世界だとしても、食うならアレだろう。

それが全男子憧れの……丸焼きだ！

「リン、俺は丸焼きが食べたい」

「はい？　いや、良いですけど……時間かかりますよ？　全体に火が通らないとお腹を壊しますし。

そもそも、どうやって？」

当たり前だけど、この世界でもそれは一緒らしい。

「大丈夫、考えがあるから。まずは処理をしよう」

「では、処理はお任せを」

リンがナイフを取り出し、内臓を取り出していく。

その光景とニオイに、拒否反応が出る……！

「うっ……」

「良いですよ、向こう行ってて。水の魔石もありますから」

「ご、ごめんね。じゃあ、他の準備してるよ」

ダメだなぁ、今まで散々食べてきたのに。

こうして処理をしてくれたものを、何も疑問に思わず食べてきたんだよね。

よし……次は頑張ってみようかな。

ひとまず、今回はリンに任せ……。

「まずは枯れ木や草を集めようっと」

その後集め終え、魔法の準備に入る。

イメージはそんなに難しくない、何も釜焼きにする必要はない。

「ストーンウォール」

高さ一メートル、幅五十センチサイズの石の壁を左右に立てる。

「マルス様、終わりましたよ……はっ？」

「あっ、ありがとう。悪いけど、その真ん中辺りに草と枯れ木を置いてもらえる？」

「え、ええ……」

「これで次は――ストーンニードル」

ブルズの両方の前脚から後ろ脚まで、細い石の針が貫通する。

「なんて無駄使い……」

「まあ、そう言わないで。これは、憧れってやつなのさ」

「はぁ……まあ、良いですけど」

「そしたら……おもっ！　ぐぬぬ……持ち上がらない」

一メートル近いブルズと石の針が重たすぎる。

どうやら、本当に魔法チートだけで、あとは普通の人間らしい。

「はぁ……仕方ありませんね、やりますよ」

「ご、ごめんね」

「良いんですよ、マルス様のしたいことをしましょう」

「リン！　ありがとう！」

「な、なんですか……やっぱり、頭でも打ちました？」

「うん、しこたま打ったかも」

「ハイハイ、重症なのはわかりましたよ……でも、嬉《うれ》しいですね」

どうやら、今までの俺はあんまり礼を言ってなかったようだ。

なんということだ！　これからはきちんと言わないと！

円滑なコミュニケーションを取るには必須だよね。

リンは軽々とブルズごと持ち上げて……左右にある石の壁の上に置く。

それに調味料をすり込む。

この辺りは、前世と変わらないから助かるなぁ。

「おおっ！　できたっ！」

これで、ブルズが逆《さか》さ吊《づ》りになった状態だ。

「まあ、これくらいなら」

獣人の特徴は、その身体能力の高さにある。

耳も目も鼻も良いし、このように力もある。

ただ一つの欠点は、魔力がほとんどないことだ。

故に、人族に奴隷扱いを受けている……魔力の首輪によって。

これで、下準備ができた。

「じゃあ、リン。集中するから、少し警戒をよろしく」

「ええ、お任せください」

「じゃあ、お願いね。さて……火よ」

小さい火の玉をイメージして手を出すと……出てきた。

やっぱり、長ったらしい名前は言わなくても良いんだ。

あくまでもイメージしやすいってことだろう。

「うん……いい」

パチパチと音を立てて、火が燃え上がる。

それがブルズを焼き、脂がしたたる。

「まあ、悪くないですね」

「ふふふ、わかるかね？　これが――異世界飯だ」

「はい？」

「な、何でもない」

下手なことは言わない方がいいかも。

いや、言った方が楽なのか？

うん、とりあえず保留だ。

「でも、これじゃ火の通りがバラつきますよ？」

「そうだよなぁ……よし、やるとしますか」

ブルズを囲むように石の壁を出現させる。

「上は少しだけ開けておいて……これで、蒸し焼きみたいになるよね」

待っている間に、即席の椅子を作る。

「リン、遠慮なく使ってね」

「あ、ありがとうございます……魔力は平気ですか？」

「うん？　全然余裕だよ？」

「それは隠しておいて正解でしたね」

「ま、まあね」

「そういえば、二人きりなのも久しぶりですね」

「そうだね。いつも、シルクとライラ姉さんと一緒だったね」

末っ子である俺は、兄や姉から可愛がられた。

もちろん、俺に両親の記憶がほとんどないことも一因だろう。

「ふふ、よく遊んでいましたね。シルク様は良かったので？」

「だって仕方ないよ。それに、俺にはもったいない女の子だし」

「まあ、それもそうですね」

「ひどくない!?　俺、一応主人ね？」

「ええ、わかってますよ」

「……リン、今なら逃げられるよ？」

奴隷の首輪もなく、今は俺以外誰もいない。

ここで逃げたとしても……。

「マルス様？　流石に怒りますよ？」

「ご、ごめん」

「私は邪魔ですか？」

「いや、いてくれると嬉しいかな」

「ふふ、そうですか。なら、良いんです」

うーん……前世の記憶が蘇ったのも良いことばかりではないなぁ。

どうしても、倫理観というか自分の境遇に置き換えてしまう。

それから二十分くらい経《た》って……。

「よし、良いかな……解除」

維持していた魔力を解くと、壁と火がなくなる。

「おおっ！　うまそう！」

そこにはこんがり焼けたブルズがあった。

壁をなくした際に、香りが漂って……思わず唾液を飲みそうになる。

「ゴクリ……」

と思ったら、隣から聞こえてきた。

「あれ？」

「はっ！　……あぅぅ」

はい、クール美人さんの照れ顔をいただきました！

「まあ、仕方ないよね。じゃあ、食べようか」

「はい！」

そして、ぶら下がっているブルズに――齧《かぶ》り付《つ》く！

口の中に甘みのある脂が流れ込んでくる！

そして次に野性的な肉の旨味《うまみ》が口の中で弾《はじ》ける！

「うまっ！」

「行儀が悪いですね……もぐもぐ」

「いや、説得力ないからね？」

どうやら、同じように齧り付いたらしい。

「まあ、やりたくなる気持ちはわかります。あとは、切っても良いですよね？」

「うん、一度やって満足したよ」

その後は、リンが切り分けた肉を夢中で食べる。

ふふふ――異世界飯最高！

六話

食べ終わる頃には、完全に日が暮れていた。

「ふぅ……美味しかった」

「ええ、大満足ですね。しかし、残りましたね」

流石に二人で食い切れる量じゃなかったからなぁ。

「この近くの村まで一時間くらいかな？」

「ええ、大体そのくらいかと」

「じゃあ、そこの人達にあげちゃおうかな」

「いいのですか？　ギルドに持っていけばお金になりますよ？」

「うん、良いよ。これくらいなら。それに、基本的に食糧難だしね」

俺の知る限り、この世界で満足に食べられるのは、限られた一部の富裕層のみだ。

なので平民や奴隷などは、常に飢えに苦しんでいる。

「ええ、そうですね。私は幸せ者です。マルス様のおかげで、飢えから脱することができましたから。同族のみんなは……まだ貧しい日々を過ごしています」

「まあ、人間もそこまで余裕があるわけじゃないしね。貧しい人はいっぱいいて、格差は広がるばかりだし。もっと食料があれば、少しはマシになるんだけど。別に、人間が獣人を嫌っているわけでもないし」

もちろん、一部にはどうしようもない人間もいるけど……。

基本的には自分が辛《つら》いから、余裕がないから、自分より下を作ってるんだと思う。

「ええ、我々もそれはわかっています。余裕がないから、我々に押し付けていることは……感情論は別として」

「うん、許されることではないよね」

それに、たしかに戦争はないけど、貧しい隣国とは常に緊張状態にある。

一応、南西にある国とは仲は悪くないけど……この世界は元々食料自給率が低い。

理由は至極簡単なことで、食料である魔獣を魔物が殺してしまうからだ。

もちろん、魔獣が勝つ場合もあるけど。

なので魔物を殺すことは必須で、魔獣を飼いならすことも必須だ。

今乗ってる馬だって、元々は魔獣の一種で、それを人用に飼育した結果らしい。

俺はダラダラしたいし、のんびり過ごしたい。

でも、よくいる偉そうなクズにはなりたくない。

俺ものんびり過ごし、尚且《なおか》つみんなものんびりできれば……。

その後、近くの村に到着し……。

「はい、これを皆さんで召し上がってください」

「お、おおぉぉ――――！　あ、ありがとうございます！」

「みんな！　飯だぞ！」

「マルス様！　ありがとう！」

「誰だよ！　穀潰しなんて言ってたのは！」

「お、おい！」

ウンウン、ここまで広がってるって相当だな。

それにしても、痩せてるなぁ。

やっぱり、どこの村もこんな感じかな。

「いえ、良いんですよー。実際にそうですから」

「まあ、否定はできないですね」

俺達がいると気を使われるので、端っこにある木造の空き家を借りることにする。

ちなみに、お礼に野菜をもらうことができた。

野菜は珍しくもないし、土地的に育てるのは難しくない。

ただ肉を得るためには、魔獣に勝てるくらいの強い人が必要だ。

でも強くなるためには肉がいる……手詰まりってやつだね。

「さて、さっさと寝ようか」

「ええ、朝早くに出ていきましょう」

「うん、見送りは面倒だしね」

外から聞こえる歓喜の声を聞きながら、毛布に包《くる》まる。

不思議と心地よく、すぐに眠気がやってくる。

やっぱり偽善でも、良いことしたら気持ちいいもんだね。

そして、夜が明けて……。

「ふぁぁ……よく寝た」

リンの姿が見えないので、外に出てみると……。

すでにリンは起きていて、ピシッとしている。

俺より後に寝て、俺より先に起きる。

まさしく、できる女性である。

騎士服のようなものを脱いで、村人のように布の服に着替えている。

「マルス様、おはようございます。すぐにスープができますからね」

「うん、ありがとう」

昨日とっておいた骨と少しの肉、村人からもらった野菜を煮込んでいるようだ。

まだ寒く薄暗い中、暖かい火と、スープの優しい香りが五感を刺激する。

「流石に冷えるね」

「まあ、今は時期的に寒いですから」

この世界にも季節感はある。

しかも、俺の住んでた日本と同じような四季がある。

一年は三百六十日で、一月が三十日の十二ヶ月に区切られている。

これはわかりやすくて助かる。

「今は、十二月になったばかりかぁ」

「これからもっと冷えますね。さあ、できましたよ」

「おっ、ありがとう。というか、起こしてくれれば火をつけたのに」

「平気ですよ、魔石がありますから」

えっと、もう一度確認しよう。

魔石は魔物から取れる。

人族は、それに魔力を込められることがわかったから……。

それぞれの属性を込めて、色々なことに有効活用することにしたんだ。

魔法を込めたアイテムって感じかな？

ただ、あまりに込めると割れてしまう。

ちなみに、色によって込められる容量が変わる。

容量の少ないものから順に無色、茶色、黄色、青色、赤色、銀色、金色、黒色とランクがある。

「でも、使い捨てだから一度なくなったら……」

「平気ですよ、昨日手に入れましたから」

「そっか、ありがとね」

「わざわざ起こすなんて考えられないです」

「じゃあ、これからもお願いするね」

「ええ、お任せください」

「それでは、いただきます……ほぅ、あったまる」

野菜の旨味と塩加減、骨の出汁《だし》が口の中で一体化してる。

「ハフハフ……うん、肉も美味しい」

ホロホロになった肉は口当たりが良く、口の中で溶けていく。

そして、あっという間になくなってしまった。

「それは良かったです。では、おかわりいりますか？」

「いや、自分で……うん、お願い」

「ええ、もちろんです」

これはリンがしたいからしてること。

その気になれば逃げられる。

だから、俺が気を使う方が、リンにとっては良くないんだよね？

よし、前世の俺と今の俺の帳尻合わせができてきた。

そうだ、今の俺はマルスだ。

傲慢になってはいけないが、この世界に慣れていかないと。

その後、魔物や魔獣を倒しつつ、途中の村々に泊まり……。

四日かけて無事にバーバラへと到着する。

「ふぅ、疲れたよぉ〜」

「ええ、よく頑張りましたね」
「ほんとだよ。さて……ここが辺境都市バーバラか」
見た感じ、中世ヨーロッパの城塞都市だ。
たしか、人口三千人くらいの都市だったかな？
全体を高い塀で囲まれた都市のようで、北側には森が広がっている。
あれが魔の森と言われるやつだろう。
凶悪な魔物や魔獣がうようよいるって噂《うわさ》だ。
ちなみにこの国と隣国の北には、森が広がっている。
人類未踏の地と言われ、奥には邪神がいるとかなんとか……。
多分、それが俺が助けた子が倒すべき相手なのだろう。
まあ、俺には関係ないよね？　あれ？　これってフラグにならないよね？

七話

「待て！　お前達は何者だ!?」

入り口には兵士達がいて、ピリピリしている。

「この方を誰だと思ってる！」

「リン、喧嘩腰《けんかごし》はダメだよ。えっとすみません、マルスと申します」

王家の証《あかし》である短剣を見せる。

「こ、これは！　失礼いたしました！」

「おい！　すぐに守備隊長を呼んでくれ！」

「なんでこんなに早いんだ！」

「えっと、待ってた方が良いかな？」

「できれば、そのままお待ちいただけると……」

「わかった。じゃあ、大人しく待ってるね」

五分ほど待っていると……。

「お、お待たせしました！」

息を切らして、鎧《よろい》を着た体格の良いおじさんが走ってきた。

多分四十歳くらいで、なかなか厳《いか》つい人だ。

「いえいえ、平気ですよー」

「マ、マルス様ですね？　お話は伺っております。私の名前は、ヨルと申します。ご案内しますので、ついてきてください」

「わかりました。案内をお願いします」

「え、ええ……あれ？　話と大分違う……」

聞こえてますよー。

いや、俺が悪いんだけどね。

普通の対応をしてるだけで、印象が上がるとか……詐欺みたいで嫌だなぁ。

都市の中に入り、デコボコした石畳の道を歩いていく。

前世で見たイタリアに近い街並みだ。

「だいぶ、王都とは違うね」

「通称……見捨てられた都市ですか」

「うん、そう呼ばれてるらしいね。以前は、南にある国との交流拠点で栄えていたけど、今では断交状態だし」

通りには店が立ち並び、人々が行き交っているけど……。

やっぱり、活気がないなぁ。

何より、王都に住んでいる人達とは、目が違っている。

「さて、ひとまず着きましたね」

「お腹減ったなぁ。みんなも、そんな感じに見えるね」

「も、申し訳ございません。なにぶん、貧しい地なもので」

「いえいえ、こちらこそすみません」

「噂には聞いてましたけど……ひどいですね」

「ところで、その奴隷は……」

「ヨルさん、この子は奴隷じゃない。首輪ないでしょ？　彼女は、俺の専属護衛兼メイドだ」

「し、しかし……獣人ですが……？」

「俺が変わり者なのは、知ってるでしょ？」

「い、いえ、いや、その……」

「ごめんごめん、返答し辛いよね。まあ、とりあえず対等に扱ってほしい」

「……わかりました」

まあ、すぐには納得できないよね。

うーん……社畜だった身としては、どうにかしてあげたいなぁ。

視線を感じつつ、奥にある領主の館に到着し……。

部屋へと案内され、領主と対面するはずだったんだけど。

「あれ？　領主さんは？」

「マルス様が領主だと伺っておりますが……」

「えっ？」

「初耳ですね」

「こちらがその通知となります」

通知を見ると、領主の名前が俺になっている。

「ほんとだ、兄さんの判子が押してある」

どうやら俺は、領主になったらしい。

どうしよう？　俺のスローライフへの道のりは遠そうです。

◇◇◇◇◇

〜国王視点〜

まあ、こうなるよな。

執務室で作業をしていたら、二人が怒鳴り込んできた。

「おい、兄貴。本当に良かったのか!?」

「私の可愛いマルスを返して！」

「落ち着け、二人とも」

目の前には弟であり、騎士でもあるライルと……。

妹であり、宮廷魔道士であるライラがいる。

「あいつをあんな僻地《へきち》に飛ばすなんて！」

「そうよ！　可哀想《かわいそう》じゃない！」

「俺とて、迷ったさ。父上と母上が残した、可愛い末っ子だ」

両親は、あいつが三歳の時に亡くなっている。

別にそれ自体は珍しいことじゃない。

たまたま死んだのが、国王と王妃だったということだ。

「だったら！」

「どうして!?」

「俺達が甘やかしすぎたからだ」

「そ、そいつは」

「でも、あの子には……」

「わかってる、気持ちは同じだ。両親をほとんど覚えていないマルスを、俺達は親代わりのように可愛がってきた。そのせいで、穀潰しと言われてしまうほどに」

「でも、あいつは頭も良いいし、意外と人気あるぜ？」

「そうよ！　それに優しい子だわ！」

「ああ、知ってるさ。しかし、俺達のせいであいつの未来を閉ざすわけにはいかない。このままここにいたら、俺達は甘やかしてしまう。もう、成人したのだから自立しないといけない」

そう、穀潰しなどと言われているマルスだが。

下の者に偉そうにしないし、上の者に媚《こ》びたりもしない。

あくまでも自然体で接するため、意外と人気は高い……一部を除いて。

「そうか、そうかもな」

「むぅ……悔しいけど、お兄様の言う通りね」

「それに、もう少しで婚約破棄されるところだったんだぞ？」

「シルク嬢だな？」

「なるほど、あちらで領主として手柄を立てれば……」

「そういうことだ。この貴族社会において、あんな良い子はいない」

「わかった。じゃあ、静かに見守るとするぜ」

「そうね、あの子が妹になったら嬉しいもの」

ふぅ、どうにか説得できたか。

この二人には内緒で進めていたからなぁ。

だが、俺はそんなに心配していない。

リンは護衛としても秘書としても優秀だ、きっと力になってくれるだろう。

それに最後に会った時、あいつの目はいつもと違っていた。

もしかしたら、何かやってくれるかもしれないな。

八話

うーん、こいつは予想外の展開。

机に突っ伏して、ダラダラしてみるものの……状況は変わらない。

「はぁ、自分の部屋に帰りたい」

柔らかな布団で寝たい。

あったかいごはんが食べたい。

出ていく時の決意は何処《どこ》へやら……でも、そういう性分だし。

「いや、帰る場所ありませんよ？」

「そうだった、もう帰れないんだった」

そう、俺は追放された可哀想な王子。

「ヨヨヨ、可哀想なマルス」

「はい？」

「ううん、何でもない……よし、行くとしますか」

まずは、状況を確認してみよう。

快適なスローライフのために！

ひとまず街に出て、色々と眺めてみる。

そして、ヨルさんも同行してるので、色々と質問をしていく。

「何が、一番問題ですか？」

「やはり……食料ですかな」

「まあ、そうなりますよねー」

法整備や生活に必要な最低限は、大体揃《そろ》ってるから問題ない。

というか、素人が迂闊《うかつ》に手を出して良いもんじゃないし。

そういうのは長年の積み重ねや、先人の知恵と教えによって作られるものだ。

下手に手を出すと歪《いびつ》になり、後々の問題になるかもしれない。

「あとは……奴隷ですか」

奴隷問題か……これも、迂闊に手を出して良い案件ではないよね。

ただ、改善するくらいならしても良いかな？

きちんと考えて行動しないと……うーん、道のりは険しいなぁ。

「リンさん？　何か問題が？」

「リン、遠慮なく言うと良いよ。どうするかわからないけど、発言は自由だからね」

「はい、ありがとうございます。我々を解放しろとは言いません。しかし、生活の改善を求めたいと思います」

「しかし、そんなことをすれば……今までのやり方を変えてしまっては……」

「ウンウン、ヨルさんが不安になるのはわかるよ。でも、彼らはごくごく普通の生活を求めているだけだ。彼らだって、俺達と変わらない。ただ、美味しい食事をして、暖かい寝床について、家族と共に過ごしたいだけだよ」

そうだ……何も奴隷解放をしなくても良い。

ひとまずは、彼らに当たり前の生活を送ってもらおう。

それらも、衣食住が揃ってからの話だ。

「そ、それは……ですが、難しいです。人族ですら、満足な生活ができていないのに」

「うん、わかってるよ。じゃあ、ますは食料問題だね。次は？」

「毛布類などかと思います。魔獣の毛皮が必要になってきますので」

「うん、それも食料問題を解決すれば良いね。他には？」

「あとは、薬草類の不足でしょうか。癒《いや》しの力の使い手などそうはいませんし……冒険者の方々に依頼しますが、それでも費用はかかります」

「ふんふん、なるほど」

でも、冒険者の仕事を奪うのは良くないかも。

この世界にはダンジョン系はないみたいだし……。

仕事がなくなれば、盗賊などになってしまうかも。

「あとは、出生率の問題かと……これも食料問題ですね」

「うん、そうだね。鉄分やタンパク質、あとビタミンとかが足りないんだよねー」

「タンパク質？　鉄分？　ビタ……それは何ですか？」

「あっ――えっと、栄養ってことだよ。肉や魚を食べないと、健康に悪いからね。あと、母乳とかも出なくなるし」

「よくご存知で……博識なのですね」

「いやいや、大したことじゃないですよ。暇だったんで、図書館で本を読んでいただけですね」

「ふむ……」

「もし何か意見や言いたいことがあったら、遠慮なく言ってくださいね？　俺は基本的には知らないことが多いですし」

「い、意見ですか……？」

「うん、否定的なモノでも構わないからさ。もちろん、俺が間違ってたら言ってくれるとありがたいし。リンにも、獣人だからとかっていう理由じゃなければ、色々言っても良いし」

前世も含めて、俺はそんな上等な人間じゃないし。

ダラダラとスローライフとかしたい人間だ。

間違いもするし、色々と変えるのも怖い。

だから、みんなの意見を聞かないとね。

「ええ、お願いします」

「すみませんでした！」

「はい？」

「ずっと、リン殿やマルス様に失礼な態度をとってしまいました。しかし、話してみてわかりました……貴方は穀潰しなどと言われる人ではないと。どうか、よろしくお願いします」

「あはは……いや、それは合ってるから良いんですよ。でも、よろしくお願いしますね」

ひとまず、都市の公衆トイレの確認をする。

一応中は個室になっていて、そこまで臭くもない。

それらが、都市の中にいくつか設置してあると。

その辺りは中世とは違うみたいだね。

ちなみに、トイレは基本的に、山などから取れる鉱石を加工して作られている。

設置してある魔石に触れれば、水魔法が発動して自動で流れる仕組みだ。

「これも一家に一台は欲しいですね」

「ええ、どうしても人が並んでしまいますから。ですが山のある方は、凶悪な魔獣や魔物がいまして……」

「そうですか」

となると、戦力が必要になるかなぁ。

ふんふん、何となく見えてきたかも。

「この下はどうなってるんです？」

「穴を通って、地下へと流れていきます」

「その地下には行けますか？」

「ええ、行けますが……少しニオいますよ？」

「まあ、それは仕方ないかな。ただ、一度は見ておかないと」

「なんと……ええ、わかりました。では、ついてきてください」

都市の中心から外れ、とある建物に入り、階段を下りていく。

「リン、ここで待ってるかい？」

「いえ、私も行きます……同胞がいますから」

申し訳なさそうな顔をして、ヨルさんが先に進んでいく。

そして……地下では、排泄物《はいせつぶつ》が管を通して流れ込んでいた。

川の流れのようになっていて、奥の方に続いている。

うーん、下水道に近いかな？

そして……そこでは、獣人達が働いていた。

視線を感じるけど、今はどうにもできない。

「これは、どういう仕組みですか？」

今まで気にしたこともなかったからなぁ……前世も今世も含めて。

「まず家庭用の水や、トイレの水などが流れてきます。そして浄化の魔石によって、徐々に綺麗になって流れていきます。それらは、後ろの森に流れていきます」

うーんと……水魔法を魔石に込めて……それを段階的に設置して……押し流しながら、徐々に汚いモノを綺麗してるってことか。

「あとは、排泄物を食べる魔獣アロンを放っております」

「えっ？　どれどれ……おっ、いた」
鼻をつまんで水の底を覗《のぞ》くと、大《お》っきい魚がうようよいた。
バスみたいな魚で、五十センチくらいある。
「では、戻りましょう」
戻りながら考えてみる。
……労働体制以外に関しては問題ないかな。
あとで、給与とか労働時間について考えないと……。
それ以外は、きちんと整備されている感じだ。
まあ、魔法と魔獣を上手《うま》く利用して、いかにも異世界って感じかな。
トイレに関しては、鉱石を手に入れてトイレを増やすだけだ。
よし、次の場所に行こう。
でも……とりあえず、お腹減ったなぁ。

九話

とりあえずお腹がすいたので、お昼ごはんを食べる。

「うーん、味は悪くないけど……」

「すみません、マルス様……」

店の女将《おかみ》さんが、俺に謝ってくる。

「い、いえ！　美味しいですよ！　ただ、やっぱり肉が少ないですね」

幸いなことに、調味料の類《たぐい》や、醤油《しょうゆ》味噌《みそ》などはある。

前も言ったけど、野菜なども育てているからだ。

しかし、肉だけがない。

倒すのも大変だし、飼育するのが困難だからだ。

ブルズは気性が激しい上に、人が襲われたり、最悪共食いまでしてしまう。

飼育するなら、草食系の魔獣のみだろう。

「これはホーンラビットの肉ですね」

リンの言う通り、これはウサギのような魔獣の肉だ。

草食で弱いので、飼育に成功した魔獣だ。

しかし小さいので、取れる部位は少ない。

「やっぱり、大きい草食系の魔獣が欲しいかなぁ」

「しかし、そうなると中々手強《てごわ》いですね」

鹿に似た魔獣であるオロバンや、牛に似た魔獣であるオルクスなどがいるけど……。

どれも仲間意識が強く、集団や番で生活している。

故に一匹を捕まえたら、一斉に襲ってくるらしい。

「それも考えていかないとなぁ～」

はぁ……スローライフへの道のりは遠いね。

その後ギルドを見たり、街の様子を見て……。

最後に、奥にある獣人達がいるエリアに行く。

「ここだけ、門と壁があるね」

「……獣人達がいますので」

「なるほどねぇ」

高さ五メートルを超える壁が、道をさえぎるように端から端まで存在している。

まさしく、ここだけ隔離されてるって感じだ。

ひとまず中に入るけど……良い状態とは思えなかった。

一応、家らしき建物は見えるけど、お世辞にも立派とは言えない。

何より……家の数が足りてない。

「こ、これは……」

「ニオいますね……」

道の端に、獣人達が寄り添うように座ったり……。

生気のない目で、俺達を見たりしている。

中には、リンに羨望の視線を向ける者も……。

「い、いいえ、私達も決して彼らを虐げているわけでは……」

「でも、みんな死んだ目をしてる……」

「そ、それは……」

……ここで、この人を責めても仕方ない。

人間も自分達の生活に余裕がない。

それがいつからこうなったのかはわからないけど……。

この世界にはエルフとかはいなく、獣人と人間だけだ。

せっかく二種類しかいないなら、できるなら仲良く共存した方がいいよね。

「そもそも、どういうことだ？」

天使が言っていたのは……この世界の人々だった。

獣人も、その人々のはずだし……割と、この世界まずくない？

その救世主とやらがくる前に、餓死者が続出するんじゃ？

「マルス様？」

「ううん、何でもない」

「このあとはどういたしますか？」

「うーん……一度戻るとします」

ひとまず、部屋に戻り机に座る。

「状況は大体わかったかも」

食料がない↓栄養が足りない↓元気が出ない↓力が入らず魔物や魔獣に勝てない↓魔物や魔獣に勝つには食料が必要……ということだ。

「食料を調達するのが一番ですね」

「うん、まずはそうだね。後のことは、それからかな」

「では、如何《いかが》いたしますか？」

「まずは、俺が行きます。リン、守りは任せても良いかな？」

「もちろんです」

「じゃあ、早速行動するかな。ヨルさん、少し森の方に行ってくるね」

「き、危険ではないですか？」

「大丈夫、リンは優秀だから。俺も魔法が使えるしね」

「そ、そうですか……では、お気をつけください」

「うん、ありがとう」

すぐに行動を開始して、森の方に入っていくと……。

「ゴブリンですか」

「こいつらは邪魔だよね。めちゃくちゃ多いし」

「トロールやオークもいると思います。気をつけてくださいね？」

そいつらは特に駆逐しないといけない。

貴重な食料を殺して食べてしまうからだ。

「うん、あとは死霊系の魔物だね。スカルナイトやスカルメイジなんかも」

「ええ、マルス様は肉体は強くないんですから、私がお守りします。その代わり、私は魔法が使えないので、そちら系をお願いしますね」

「うん役割分担だね」

……そっか、そういうことなのかも。

これは、あとで色々と考察してみようかな。

そして、リンの耳がピクッと動き……。

「いました！　ゴブリンが三！　オークが一！」

「俺がやる！　リンは守ってくれ！」

「はいっ！」

「グキャー！」

「ブホォ！」

ち、近づいてくる！　いや、落ち着け……！

チートを持ってるけど、それ以外は俺は普通の人間だ。

魔法や戦闘の鍛錬だってしてこなかった。

だからテンパるし、怖い……でも、俺はリンを信頼してる。

「よし……」

魔力を練り上げ、両手を前に突き出す。

そして身体から土の槍《やり》を飛ばすイメージ！

「アースランス！」

「グキャー!?」

「グヘェ!?」

「もう一発！」

迫ってくる魔物を魔法が貫き……魔石となる。

「お見事です」

「あ、ありがとう……いやー、怖いね」

前は馬の上からだったたし、距離もあった。

「ふふ、わかってくださって何よりです」

「ちょっと、調子に乗るところだったよ」

そうだ、いくらチートだろうが、一人で何でもできるわけじゃない。

どんどん頼っていかないと……というか、本来の俺はそうだったね。

その後果物や薬草を採取しつつ……奥へ進むと。

「マルス様……静かに」

俺は黙って頷《うなず》く。

「こっちへ」

そのまま手を引かれ、木の陰に隠れる。
二、三分くらい待っていると……。
「フルル……」

「フル……」

あれは……オロバンだ！　鹿に似た魔獣だ！

頭にはドリルのような大きな一本のツノがあって、オスは皮膚が紅《あか》く染まっている。

茶色の皮膚をしてる個体もいるから、オスとメスの番かな。

今は、辺りを警戒しながら草を食べている。

「魔法でいけますか？」

鹿に似ているといっても、二メートルを超える大きさだ。

身体も太く大きく、体当たりでも食らえば骨が粉々に砕けるだろう。

「加減が難しいかも……」

殺すのは問題ない、ただ消し飛んでは意味がない。

「片方ならいけますか？」

「うん、それなら何とか」

「では、私がオスをやります。マルス様は、メスをお願いします」

同時に殺すのには訳がある。

片方が殺されれば、もう片方は怒り狂うからだ。

自分の番が殺されたなら当然の感情だよね。

「わかった」

少し戸惑うけど……でも食べないと、俺達も生きてはいけない。

「……いきます」

低い姿勢で、リンが木の陰から飛び出した！

「フルル!?」

「ブルー！」

オスがメスを守ろうと、前に出てくる！

その姿に一瞬目を奪われるが……。

「セア！」

「フルル!?」

「チッ！　防がれたか！」

刀はツノに当たり、甲高い音が響き渡る。

しかし、相手も横に吹っ飛んだ……なら！

「ウインドスラッシュ！」

イメージは鋭利な刃物――それを首めがけて飛ばす！

それは狙い違《たが》わず……メスのオロバンの首を切断する。

「フルルァ――!!」

怒り狂ったオスが、リンに襲いかかる！

「舐《な》めるなっ！」

リンは突進をサイドステップで躱《かわ》し……首を切断した。

「ふぅ……すみません、マルス様」

「ううん、こっちこそ。一瞬、躊躇《ためら》っちゃったかも」

「では、お互い様ですね。これから研鑽《けんさん》を積んでいきましょう」

「うん、そうだね」

そうだよなぁ、実戦は勝手が違うよね。

それに、今まで当たり前に食べてたけど……。

俺が王都の部屋でグータラしている間にも、こうして戦ってる人がいて……。

おかげで俺は温かいごはんや、布団なんかに包まれて……。

はぁ……色々と反省しなきゃね。

もちろん、自分のスローライフを諦めたわけじゃない。

そう、みんなでスローライフを目指せばいいんだ。

十話

倒したら、すぐに辺りを警戒する。

「……リン、どう？」

「今のところ、寄ってくる生き物はいませんね」

「じゃあ、すぐに血抜きしちゃおっか。帰ってからだと、不味《まず》くなっちゃうし」

「あれ？　やるのですか？」

「うん、リンばかりにやらせるわけにはいかないよ」

「どういう心境の変化で……？」

「そ、そんな目で見ないでよ！」

まあ、自業自得なんですけどね！

今までのツケってやつだよなぁ。

「どこか具合でも……」

「違うから！　ただ……これからは領主だしさ、少しは模範にならないと。獣人を一方的にこき使ってないってさ」

「なるほど……ふふ、成長しましたね。では、やるとしましょう」

「まあ、任せてよ。覚悟さえしてれば、どうってことないし」

ふぅ……何とか誤魔化せた。

王族である俺が、人にやらせるのはある意味で当たり前だ。

でも記憶が蘇った今、何でもやらせるのは気がひけるんだよね。

なにせ、小市民ですから。

……はい、すみません。

猟師の皆さん、舐めてました……。

「ウプッ!?」

「が、我慢してください！」

「う、うん」

はい、吐きそうです。

ひとまず草で作った即席の縄で、鹿を宙吊りにして……。

血抜きをしながら、内臓を取り出すところで……アウトでした。

「ほ、ほら！　早く洗ってください！　魔物や魔獣が来ますよ！」

「わ、わかってるよ！」

内臓の血を浴びて、全身血まみれのリンが怖いです……色々な意味で。

「み、水よ」

ホースをイメージして、手のひらから水を出す。

「では、そのままでお願いしますね。すぐに中を洗いますから」

「は、早めにお願いね」

外についた泥や血などを、リンが丁寧に洗っていく。

「ふぅ……こんなところですかね」

「えっと……冷やした方が良いんだっけ？」

「ええ、そうです。ですが、今は寒いので平気でしょう。それでも、急いだ方が良いですけど。それにしても……どう運びます？」

「あっ――ごめん、全然考えてなったよ。リンなら担げる？」

そもそも、今日は偵察程度の予定だったし……。

何か食料が手に入れば良いとは思ってたけど、予想外の大物をゲットしちゃったよ。

「いえ、私もすっかり王都の暮らしに慣れてしまったようです。ふむ。二頭同時でもいけますが……何か荷台を持ってくるべきでしたね。まさか、いきなり二頭も手に入るとは思いませんでしたし」

「荷台は作るの大変かも……そっか！　滑らせれば良いんだ！」

「マルス様？」

「ちょっと待って――氷よ」

地面に氷の道を作る。

「……はっ？」

「うん？」

「こ、氷魔法……？　宮廷魔道士クラスでないと使えない上位魔法を……」

「そ、そうだっけ？」

「そのイメージと、水から氷に変化させる技量と魔力の消費量により、難易度が高い魔法ですよ……それを、こうもあっさりと」

「まあ、本で見たしね」

「いや、見たからってできるものでは……まあ、良いです」

「まあ、気にしないでよ」

たしかに、少し魔力は減ったかも？

でも、イメージ自体は難しくないし。

「これを、どう運ぶんです？」

「えっと、さらに氷を作って……よし」

氷の台を作り、先頭部分に土魔法で穴を開ける。

うん、なんかＤＩＹみたいで楽しいかも。

「ライラ様や宮廷魔道士が見たら怒りそうですね」

「えっ？　そうかな？　別に戦いにだけ使うものじゃないと思うけど」

ライラ姉さんかぁ……きっと、今頃寂しがってるなぁ。

俺は随分と可愛がってもらったし……うん、今世は良い家族に恵まれたよね。

「それはわかりますが……いざという時に使えなくなったら困りますよ？　まだ、帰り道があるんですから」

「平気だよ、まだまだ余裕があるからね。さあ、この上に載っけてくれるかな？」

「は、はぁ……わかりました」

リンがその細い身体でオロバンを持ち上げ、そのまま氷の台に載せる。

「俺からしたら、そっちのがすごいけど。なんだっけ？　闘気っていうんだっけ？」

話しながらも、俺は開けた穴に草でできた紐《ひも》を通して結びつける。

「ええ、我々獣人族は魔力がない代わりに、闘気があります。身体の内側にある力といったところですね」

それがあるから、リンみたいに細い女性でも、力持ちになれる。

きっと、身体強化能力って感じなんだろうな。

それにより、速く動いたり、打たれ強くなったりしてるし。

「でも、それだって全員が使えるわけじゃないでしょ？」

魔法と一緒で、獣人全てが使えるわけじゃない。

人間と交わった個体や、純血種でも個人差がある。

「ええ、私は珍しい種族らしいですね……後から知りましたけど」

「炎狐族だっけ？　よし、できた。じゃあ、これを引っ張ろうか」

炎のような紅髪により、そう呼ばれている絶滅危惧種らしい。

古代種でもあり、その強さは獣人族随一とも言われている。

「わかりました。ええ、おそらく純血種らしいです。薄汚れていたので、当時は犬族に間違われていましたけど」

　来た道に氷を張りつつ、移動を開始する。

「髪まで真っ黒に染まってたもんね……ガリガリだし」

「ふふ、そうでしたね。あの頃の記憶は、あまりないですが……貴方に救ってもらった日は、今でも覚えています」

「別に……救ったわけじゃないよ。たまたま目に入ったのが、君だったんだ。他の獣人達は、そのままだったし」

「それでも、良いんです。私が救われたのは事実ですから。温かいお湯に入れてくれて、ごはんを食べさせてくれて……周りが批判する中、私が手を出されないように一緒に寝てくれて……人としての感情を思い出させてくれました」

「そ、そう……」

　今考えると、恥ずかしいなぁ。

　こんな綺麗な女性と風呂とか添い寝とか……まだ、十歳だったからセーフだよね？

「ふふ、帰ったら一緒に入ります？　それとも一緒に寝ますか？」

「へっ？」

「ふふ、冗談ですよ。シルク様に怒られちゃいますからね」

「シルクか……良い人に会えると良いけど」

「良い方ですからね。奴隷出身の私にも、初めから優しくしてくださいましたし」

「まあ、ちょっと誤解されやすいけどね」

いわゆる、ツンデレさんってやつだし。

素直じゃないけど、優しい女の子なのは知ってる。

「そうでしたね。よく怒られてましたね？」

「まあ……ね。悪いことしたなぁ」

俺が穀潰しと言われて、婚約者である彼女も色々言われてたはず。

それでも、俺に付き合ってくれた……元気だと良いけど。

今頃、どうしてるかな……。

十一話

無事に都市へと帰った時、すでに日が暮れかけていた。

「ふぅ……何とか間に合いましたね」

「うん、日が暮れる前で良かったよ」

どこの世界だろうと、夜は危険だ。

魔物や魔獣は活発になるし、暗闇ではこちらが不利になる。

「それで、どうします？」

「うーん……ちょっと待ってね」

優先順位は何だ？　予想外の大物とはいえ、住民全てには行き渡らない。

仮に行き渡らせたら、一人一口とかになってしまう。

獣人達に食べさせる？　そうすると、人族の反感買う？

人族に食べさせたら、その逆が起きるか……。

「そんなに深く考えなくて良いんじゃないですか？」

「えっ？」

「別に税金を使うわけでもなく、人を使うわけでもなく、私達の二人で狩ってきたのですから。それに、実際の公務は明後日《あさって》からですから。それで文句を言われるのは筋違いですよ」

「なるほど……たしかに日付は明後日になってたね」

どうやら、俺たちは早く来てしまったみたいだし。

まあ、護衛を置いて勝手に出てきたからだけど。

……ロイス兄さん、怒ってるかな？

「ええ、ある意味良かったですね」

「じゃあ、俺の好きに使うとするかな」

というわけで、炊き出しの準備開始です！

獣人達と人族達の境目のエリアに来て、大声を張り上げる！

「はーい！　皆さーん！　ちゅうもーく！　領主からのお知らせですよー！」

「何だ何だ？」

「あれ、オロバンだぞ!?」

「二頭もいる！」

「これから炊き出しの準備をするので、小さいお子さんや、赤ちゃんのいるお母さんがいるところは器を持ってきてください！　あとは動けない方など！　まずは、そちらが優先です！　後日、改めて食料を調達するので、他の皆さんは少しだけお待ちください！」

色々考えたけど、まずはこれに決めた。

子供や母親、病弱な方はそこまでの量は食べない。

もし余れば、他の人にもあげる予定だ。

「じ、獣人でもいいのですか!?」

「もちろんです！」

「う、嘘《うそ》だっ！」

「そ、そうだ！　俺達に何をさせる気だ!?」

うーん……めっちゃ警戒されとる。

「獣人の方々には、元気になり次第、狩りに出てもらいます！」

「や、やっぱり！　そんなこと言って、俺達を囮《おとり》に使う気だ！」

「み、みんな！　騙《だま》されるな！」

「――静粛に!!」

俺の後ろから一歩前に出て、リンが声を上げる。

「私は誇り高き炎狐族の者っ！　この方は、貧困に喘《あえ》いでいた私を助けてくれた！　どうか、一度だけでいいの信じてくれ！」

「ど、どうする……？」

「でも、あの人健康そうだよ？」

「お母さん、お腹減ったよぉ」

よし、リンのお陰でヘイト値が減ったぞ。

「これは俺とリンが狩りをした獲物です！　故に、お金はいりません！　今回は領主から皆さんへの挨拶の代わりだと思ってください！」

「ただし！　争いなどを起こした人には差し上げません！　きちんとした方のみに差し上げます！」

「獣人の方は、自分の住み処《すか》の入り口に！　人族はその反対側に並んでください！　時間は、今から一時間後です！　獣人側の誘導は兵士が！　人族側は冒険者の方がそれぞれ担当します！」

俺が人族に、リンが獣人に語りかける。

「お、おおぉぉ――!!」

「か、母ちゃんを連れてこなきゃ！」

「あ、慌てるな！　さっきの聞いたろ!?」

「じ、時間はまだある！」

集まった人々が、急ぎ足で去っていく。

「よし、ひとまず良いかな」

「ですね」

「リンがいてくれて良かったよ、ありがとね」

「い、いえ……」

尻尾がフリフリしてる……触ったら怒られるかな？

うーん……以前はよく触ってたけど、記憶を取り戻したから触り辛い。

気を取り直して、準備を始める。

「ヨルさん、指揮をお願いしますねー」

「ええ！　お任せください！　こんな心躍る仕事は久々です！」

俺達が作業を行っている間、雑務をこなしてくれるようだ。

ウンウン、使える人がいて良かったよ。

これから、そういう人材も探さないとね。

そう……俺が楽をするために！

「えっと、オロバンの解体は任せても良いかな？」

「ええ、私がやります。ふふ、腕が鳴りますね」

包丁を持ってご機嫌な様子……ちょっと怖い。

でも、リンも嬉しいのかも。

王都では、獣人を見ても助けることができなかったから。

高位貴族や大商人には流石に、俺でも手が出せないし。

でも、ここなら腐っても王族である俺の自由が利く。

「えっと、俺は……まずは土台を作る」

土魔法で、左右に柱を立てて……。

そしたら、中央に枯れ葉や木材を置く。

その上に網をしいて、でかい鍋を置く。

「これで、よし……お願いします！」

「はい！」

領主の館で雇っている料理人達が、切った野菜を入れていく。

ジャガイモ、人参《にんじん》、玉ねぎ、キノコ類などだ。

これらは比較的に手に入りやすい。

一応、穀物類もあるけど……うん、その問題は後にしよう。

今は、硬いパンで我慢我慢。

「よし、そしたら……水よ」

魔法で出す水は、飲める水だったのが良かった。

綺麗な水で、何にでも使える。

「これで……火よ」

点火をしたら、弱火で煮出していく。

野菜やキノコは、水から煮た方が出汁が出て美味しいからね。

次に肉を入れ火が通ったら、最後の仕上げに味噌を入れる。

「マルス様、できましたよ」

「おっ、ありがとね」

後ろを振り返ると、オロバンの部位が並んでいた。

まずは、骨の部分を鍋に投入しておく。

「えっと、モモ肉は鍋に合うから鍋でしょ……ロースやバラは焼いて……スネも鍋だな。あとでヒレは揚げ物にして……肩肉や首肉は硬いから叩いてミンチにして……」

「ま、マルス様？　いつの間に料理の知識を？」

「本で見たから」

うん、もうこの一点張りで良いや。

説明しても、わけがわからんだろうし。

孤児で独身の俺は、当時は料理をしていたから、今なら色々できるはず。

彼女もいないし、童貞だったし……童貞は関係ないか。

「はぁ……」

「ほら、リンも手伝って。どんどん焼いていこー！」

「はいはい、わかりましたよ」

用意した簡易的なコンロにて、塩胡椒《こしょう》で下味をつけた肉を焼いていく。

すると……香ばしい香りが辺りに充満していく。

「お、お母さん！　美味しそう！」

「本当にもらえるの!?」

「食べても良いの!?」

どうやら、匂いにつられて集まってきたみたい。

「はーい！　小さいお子さんはこちらに！　すぐに焼けますからねー！」

彼らを見てると、昔の自分を見ているみたいだ。

俺も、前世では食べるものにも困っていた。

やせ細り、ろくなもんじゃなかった。

幸い、オロバンは栄養価も高いし、優しい味わいだ。

これなら、みんなも元気が出るよね。

「……よし、良いかな。はい、どうぞ」

犬の獣人の子に、味見用の肉を差し出す。

「……僕に？」

「ああ、そうだよ。ゆっくり食べてね。まだまだあるから」

「あ、ありがとう！　ハフハフ……うぅー……美味しいよぉ」

「ぁぁ……良かった……ありがとうございます！」

「いえいえ、すぐに鍋もできますからね」

肉を入れてある程度したら、仕上げに味噌を入れて……完成だ。

よく昔話に出てくる鍋に似てるかも。

「田舎風紅葉鍋って感じかな。皆さーん！　できましたよぉ～！」

「母ちゃん！　こっちだぜ！」

「待っておくれ……あら、良い匂い」

次々と人々がやってくる。

「皆さん！　完成しました！　順番に並んでください！」

「オォォォ――!!」

人々が押し寄せてくるが……。

「ヤローども！　しっかり警備しろ！」

「たんまりと金もらってんだぞ！」

「おうよ！　任せとけ！」

事前に依頼しておいた冒険者達が、人々を押し留めてくれる。

「はい、どうぞ」

「マルス様、私がよそいますよ」

「うん、お願いするね」

俺が肉を焼き、リンが具だくさんのスープを配る。

「美味しい！」

「ハフハフ……あったかいねっ！」

「ぁぁ……そうだね」

そうして……あっという間に肉とスープがなくなる。

「お兄ちゃん！　ありがとう！」

「美味しかったです！」

「こ、こら！　王子様なんだよ!?」

「いえいえ、気にしないでください。君達、お腹いっぱいになったかな？」

「「うんっ!!」」

人族が去っていくと……恐る恐る獣人達が近づいてくる。

「あ、あのぅ……」

「うん？　どうしたのかな？」

「お、美味しかったです……」

「あ、ありがとうございます……」

「そっか、なら良かった。また、作るから食べにくると良いよ」

「お、お金ないです……」

「今は先行投資だから気にしないで良いよ」

「えっ？」

「うーん……君達が元気になったらで良いから、働いてくれると嬉しいかな」

「が、頑張ります！」

「お、俺も！」

「わ、わたしも！」

「じゃあ、それまでたくさん食べないとね」

そして、笑顔で帰っていく……。

「ふぅ……」

「どうやら、第一段階は成功ですね」

「リンもお疲れ様。まあ、まずは点数稼ぎをしないとね」

「ふふ、照れてるんですか？」

「い、いや……あんまり慣れてないから」

前世を含めて、人に感謝されるような人生じゃなかった。

感謝されるって……良いもんだね。

「私は、ずっと感謝していますから」

「うん……ありがとう」

ある意味、ここからが俺の第二の人生の始まりなのかもしれない。

よーし！　快適なスローライフを目指して頑張るとしますか！

外伝～リンの気持ち～

……本当に不思議な方だ。

机に突っ伏して『だるいよぉ～』と言っているマルス様……。

口では面倒と言いつつも、とっても優しい方。

私が同族を救ってほしいと頼むか迷っていたのに……。

この方は、何も言わずに救いの手を差し伸べてくれた。

まるで当たり前で、自分のことのように……。

そんな姿を見ていると、当時のことを思い出す。


私は、気がついた時には奴隷だった。

親に捨てられたのか、それとも攫《さら》われたのか……。

どっちかはわからないが、事実は変わらない。

私が生きる価値のない奴隷だということは。

「お、お腹すいた……」

「ほら！　働け！　まだまだ荷物はあるんだぞ！」

「ご、ごめんなさい！」

この日も朝から晩まで、荷物を運んだり、人がやりたがらない仕事をさせられていた。

私は力も弱く、先に行くみんなからいつも遅れていた。

どうして、私がこんな目に？　私がなにをしたの？　……誰か助けて……！

「あぁ!?　なに見てんだよ？　お前みてえな何処にも売れない奴、雇ってもらえるだけ有り難く思え！」

「ヒィ!?　ご、ごめんなさい！」

当時の私はガリガリで、薄汚れていて、いわゆる買い手がつかなかった。

見た目が良い者は、貴族に買われていったが……今思えば、そうならなくて良かった。

何故《なぜ》なら……この日に出会うからだ。

「ねえ、どうして殴ってるの？」

だ、誰だろう？　小さい男の子？　綺麗な目……。

「あぁ!?　なんだ……マ、マルス様!?　ライラ様まで……」

「うん、そうだよ。どうして、彼女は殴られてるの？　何か悪いことしたの？」

「マルス、彼女は奴隷なのよ」

「奴隷……ライラ姉さん、それは知ってるけど、それが殴っていい理由になるの？」

「それは……いえ、そうね。貴方、もう少し優しくしてあげなさい。雇ったというなら、最低限のことはするべきだわ。質の悪い商人は……消すわよ？」

「へ、へい！　申し訳ありません！」

「姉さん、僕が買い取っても良い？」

へっ？　この男の子は、今なんて……？

「えっ？　まあ……奴隷が欲しいのかしら？」

「うーん……そういうわけじゃないんだけど。なんか、ほっとけなくて」

「優しい子ね……でも、彼女一人を救ったところで、なにも変わらないわよ？」

「偽善者ってこと？　……それでも良い。僕が口を出したことで、あの子が叱られるかもしれないし」

「わかった上での発言ね……そうね、その可能性はあるわ」

「お、俺は、そのような……」

「うん、かもしれないだよ。ねえ、買い取っても良いかな？」

「も、もちろんです！」

「マルス、お金はどうするの？」

「今日の買い物はやめにします。あと、しばらくはおやつ抜きにするよ」

「あらあら……それはすごいわね。わかったわ、周りやお兄様は私が説得するわ」

「姉さん！　ありがとうございます！　だから姉さん好きです！」

「まあ！　可愛い！」

「痛いよ!?　潰れるぅ……」

えっ？　何が起きてるの？　どういうこと？

「あら、ごめんなさい」

「ふぅ……君、名前はあるの？」

「な、名前……？」

名前ってなんだろう？　いつもお前とか、番号でしか呼ばれてないよ……。

「マルス、名前はないわ。買った者がつけるのよ」

「そっか……君、僕のところにくる？」

「い、行きます！　な、なんでもします！」

「まあ、おいおいね。じゃあ、今日から君は……リンだ」

「リン……？　私の名前ですか？」

「うん、そうだよ。自信を持った、凛とした女性になれるようにね」

私が……？　なれるかな……ううん！　なってみせる！

「が、頑張ります！」

「じゃあ、これからよろしくね」


……そうだ、私はあの日名前をいただいた。

そして身を綺麗してもらい、温かいごはんを食べさせてくれた……。

あの日の味を忘れることはない。

その後、マルス様の境遇を知って……決めたのだ。

私は誓った……その名に恥じない女性になろうと。

礼儀作法や厳しい稽古、格闘訓練などを受けて、この方のために生きようと。

「マルス様、今回のこと本当にありがとうございます」

「んー？」

机にグデーンとしたまま、返事をするマルス様は……可愛い。

そういえば、最近は尻尾も触ってくれない……ち、違う、そういうアレではない。

私は、凛とした女性なのです。

「同族を救ってくださった件です」

私の想いは悟られるわけにはいかない。

シルク様がいらっしゃるし、私では釣り合いが取れない。

「ああ、それかぁ。だから、気にしないで良いって。それに、まだまだ救ったとはいえないし」

「ですが……」

「リン、俺はね……ダラダラしすぎてしまったのさ」

「ええ、よく知っていますよ」

「ウンウン、そうだよね。まあ、少し心境の変化というか……少し働いてみようかなって。ほら、俺って今まで贅沢《ぜいたく》をさせてもらったでしょ？　その分くらいは返そうかなって……そしたら、またダラダラしても良いかなって」

「ふふ、王都の者が聞いたら驚きますね。何か、心境の変化でも？」

あの日から、マルス様は少し変わった。
魔法を使うようになったり、色々と自分でするようになった。
「まあ、成人したしね」
そう言って、頬をかいていますが……あの仕草は、なにかを誤魔化す時ですね。
どうやら、私に教えてくれる気はなさそうです。
でも、良いんです。
貴方が変わらず優しいままでいるなら、私はそれだけでいい。
そして、私に救いの手を差し伸べてくれた貴方を、この身をかけてお守りいたします。
それが、出会ってからずっと思っている——私の誓いですから。

外伝～シルクの気持ち～

もう！　なんで何も言わずに行くんですの!?

うぅー……私がいたら迷惑ですの？

無理矢理にでもついていこうと準備してたのに……。

やっぱり、行かない方が良いのかしら……？

でも、私はマルス様のことが……。

そうよっ！　いつまでも、こうしてたらいけない……！

私は婚約破棄なんかしたくないもん！

涙を拭って、私はお父様の部屋に駆け込みました。

婚約破棄の取り消しと、マルス様の元に行けるようにお願いするために……。

「お父様！」

「さて、元気になった……わけではないな」

「そ、そんなことありませんわ」

「何を言うか、そんなに目を腫らして……そんなに、マルス様が良いのか？」

「わ、私は……はぃ」

「まったく、お前がそんなにマルス様を好きとは知らなかったぞ」

「はぅ……」

「しかし、あんなぐうたら王子に可愛い娘はやれん。苦労するのが目に見えているからな」

「マ、マルス様は……たしかに、ぐうたらしてますけど……」

ど、どうしよう⁉　何一つ否定ができないわ！

「ふむ……まあ、私とて可愛い娘を好きでもない男と結婚させたくはない」

「えっ？　それって……」

「実はな……国王陛下から婚約破棄を待ってくれと頼まれてな」

「こ、国王陛下が……？　お、お父様はなんとお答えに？」

「もし領主として、何かしらの成果を挙げることができたら……破棄しないと答えた」

「成果ですか……具体的には？」

「それは、私が見て判断する。一応、試しに二週間後に行くつもりだ。お前もついてくるか？　もしかしたら、辛い現実を見ることになるかもしれないが」

「い、行きますの！」

「即答か……うむ、ではひとまず泣くのはやめなさい。きちんと食事と睡眠を取って、きちんとした生活をしなさい。でないと、会った時に心配されてしまうぞ？」

「はいっ！」

「満面の笑みか。まったく、現金なものだ。しかし、私とてマルス様の人柄自体は嫌いではないが……具体的に何が良かったのだ？　てっきり、私が決めた婚約者だから我慢していると思っていたが」

そう、この婚約はお父様がお決めになったこと。

嬉しかったのに、素直になれなくて『仕方ないですわ』とか言ってしまいました。

マルス様にも素直になれず、小言ばかりを言って……好きなのに。

「優しいですの！」

「うむ、それは認めよう」

「あと、偉そうにしません」

「なるほど、王族としては少しどうかと思うが……まあ、人としては美点であるか」

「何より……私にとって、マルス様は憧れなのです」

「ふむ……聞かせてくれるか？　そういえば、忙しさにかまけて、しっかりと話を聞いてあげなかったな……すまんな」

「い、いえ！　お父様は、国境を守る領主ですから」

若くして国王になった陛下を、お父様は支えてきた。

そのせいで構ってくれなくて、少し寂しい想いはしたけれど……。

今では、お父様のお仕事を誇りに思いますの。

「妻が生きていれば……いや、せんなきことを言ったな。それで、何がきっかけなのだ？」

「それは……」

私は、当時のことを思い出します。

いつも通り、ソファーの上で横になってるマルス様がいて……。

「もう！　マルス様！」

「ん？　どうしたんだい？」

「どうして、稽古やお勉強をしないんですの!?」

「だって、そんなことしたら――ダラダラできないじゃないか」

「偉そうに言わないでください！」

「まあ、そう怒らないでよ」

そう……婚約者になって半年。

私は、マルス様に怒鳴ってばかりの日々でしたわ。

穀潰しとは聞いていたけれど、まさかここまでとは思ってませんでした。

朝から晩までダラダラして……婚約破棄を申し出ようかと思いましたの。

しかも、そんなある日……マルス様が、奴隷を買ってきたのです。

それも甲斐甲斐《かいがい》しく世話をして、身綺麗にしたり、教育を受けさせていると……。

その話を聞いた私は、実家の領地から急いで王都に帰りました。

「マ、マルス様！」

「な、なんだい？」

「ど、奴隷とはどういうことですの!?　うぅー……」

たしかに、私の身体はまだ幼いですけど……。

何も、奴隷を買わなくても……。

「ん？　……ああ、そういうことか。ううん、そういうアレじゃないよ。少し目に余る奴隷商人がいてね。だから買い取ったんだ」

「では、何故身綺麗に？　奴隷ですよね？」

私は、奴隷というものを知っていました。

それが、どんな扱いを受けているかということも……。

そして、そのことに疑問を持ったことがなかったのです。

「うん？　彼等《かれら》だって同じ人間だよ？」

「……へっ？」

おそらく、私は間抜け面をしてしまったと思います。

それくらい、衝撃を受けました。

「同じようにお腹がすくし、悲しいことがあれば泣くし、嬉しいことがあれば笑うし……まあ、僕達とあまり変わらないよ」

この考えは異質です……そんな人は、私の周りにはいませんでした。

でも不思議と……その言葉が、心に響いたのです。

「ふむ……それは異端ではあるが、良き考え方ではある。して、それで？」

「私は、己を恥じましたわ。リンと出会い、接することで……彼等も当たり前に生きているのだと。そのことに、気づかせてくれましたの」

「そうか……たしかに、あの辺りからお前は変わったな。領内の奴隷にも優しく接するようになり、希少な癒しの力まで施して」

「私など、ただの見様見真似《みようみまね》ですわ。本当に優しい方は、あの方のような人を言うのだと思います」

「そうか……私は、マルス様をよく見てなかったのかもしれないな。わかった、ではそれを踏まえて確認してこよう」

その後少しお話をして、お父様は部屋から出ていきました。

「こ、こうしちゃいられないわっ！」

お風呂入って、ごはん食べて、身綺麗にして、きちんと寝て……。

きっと、マルス様なら……何かしらやってくれるはずですわ。

それまでに、私は私にできることをしておかないと……！

頭の中でプランを立てながら、私は行動を開始します。

マルス様、待っててくださいね——逃がしませんから！

十四話

俺が領地に来てから二日経ち、いよいよ正式な領主着任の日を迎えた。

と言っても、特に何もしないけど。

普通なら市民を集めて、演説とかするんだけど……。

税金の無駄だし、そんなのめんどくさいし。

「ううっ!?　さむっ！」

「どうしましたか？」

「い、いや、今……寒気がした」

誰かが噂でもしてるのかな？

この世界では通用しない言葉だけど。

「まあ、冷え込みますからね。薪《まき》を足しましょう」

暖炉に薪を入れると、パチパチと心地よい音がする。

うーん、こういうのってスローライフっぽくて良いよね。

この二階建ての領主の館は、ペンションみたいな造りになってるし。

一階には食堂やリビングに応接室、二階には個室がたくさんある。

「あぁー動きたくない……けど、そういうわけにもいかないね。さて、まずは何からしようかなぁ」

「昨日はダラダラしてましたもんね？」

「うっ……仕方ないじゃんか。滅多に働かないから疲れたんだよ」

初日の反動か、昨日は一日中寝てた……全身が筋肉痛だったし。

森に入ったり、立ち仕事したり……足が痛い。

「ふふ、一緒にトレーニングでもしますか？」

「うーん……やだなぁ。こんな時、シルクがいたらなぁ」

「シルク様は、貴重な癒し手ですからね」

そう、シルクは癒しの力が使える。

これは四大属性とは別の力で、どちらかというと異能に近い。

生まれ持った感覚の持ち主でないと使えない。

つまり……いくらチートでも、俺には使えない。

あれ？　チートをくれるって言ってなかったっけ？　……まあ、魔法じゃないからか。

「でも、あの子を縛るわけにもいかないし」

「きっと、呼べば来てくれますよ？」

「だから一緒に来てって言わなかったんだよ。きっと、ついてきちゃうからさ」

「ふふ、そうですね」

すると……ノックの音がする。

「マルス様、よろしいですか？」

「うん、いいよー」

「失礼します。お二人共、おはようございます」

「ヨルさん、おはよー」

「マルス様、改めてよろしくお願いします」

「うん、こちらこそ。ところで、文官とか秘書とかいないの？」

ここに来てから見張りの兵士と、掃除のおばさんに料理人くらいしか見てない。

「えっ？　マルス様がお決めになるから、一度引き下げるという通達が来ましたが……」

「えっ？　そ、そうなの？」

「え、ええ、なので、今のところいませんね。そもそも、僻地なので文官などは好んで来ませんので……」

まあ、こんな寂れたところに来たがる人はいないよね。

食料も少ないし、北には魔の森があって危険だし。

「はぁ……そうなんだ。そういえば兄さんは、厳しい目に遭えって言ってたなぁ」

なるほど、そういうのも含めてってことか。

こりゃー道のりが遠のいたなぁ。

「一応、兵士達のまとめ役は、引き続き私が務めようと思うのですが……」

「うん、お願いします。ヨルさんなら安心だよ」

「あ、ありがとうございます！」

「じゃあ、次は秘書は……ひとまずはリン、お願いできる？」

「私はいいのですが……人族から反感を買いませんか？　私は、マルス様の側《そば》にいられるなら、肩書は何でもいいですが……」

「ヨルさん、どう思う？」

「そうですな……正直言って、よく思わない人もいるでしょう。しかし、一昨日からの活躍により、少し緩和されたような気はします」

俺はダラダラしてたけど、リンは昨日も働いていた。

オロバンの残りの部位を使って、炊き出しを行っていたり。

「まあ、そのために昨日もリンを働かせたんだからね。俺は、そのためにダラダラしてたってわけさ」

「へぇ？　そうなんですね？」

「ゴメンナサイぃぃ！　謝るから怖い顔しないでください！」

「ははっ！　良き関係ですな……そうですな、我々は当たり前のことを忘れていたのかもしれないですね」

「うん、彼等も同じように生きている」

「ええ、私も余裕をなくしていたようです」

「というわけで、リンを秘書にするね。獣人であっても能力があったり、やる気があるなら、俺が仕事につかせることを理解してもらうために」

まずは、獣人の立場を上げることから始めないとね。

俺の代では無理でも、少しずつやっていけば良い。

そうすれば、救世主さんがくる頃には良くなってるかも。

「わかりました。では、何から始めるのでしょうか？」

「うーん、やることいっぱいだけど……労働改革かな」

この世界は、一日に数回鐘を鳴らすことで時間を知らせる。

六時、九時、十二時、十五時、十八時、二十一時の六回だ。

専門の鐘撞《かねつき》が和時計や香盤時計を使って、交代で鳴らしている。

そして基本的に一日二食のところが多いし、奴隷なんかは休憩も少ない。

これでは色々な意味で効率が悪い。

「具体的にはどうなさるのですか？」

「まずは、通達を出します。領主の権限で、朝の労働開始時間を遅らせてください」

「えっ？　ですが、そうすると色々と支障が出ます。水汲《みずく》みや、人がいない早朝に掃除をする方もいますし」

「ムムム……」

「そもそも、遅らせてどうするのですか？」

「聞くところによると、平民の方や奴隷は朝ごはんを食べないと聞いたので。朝ごはんを食べないと、その一日の働き具合が悪くなります。だから遅らせれば、食べる時間ができるかなぁと」

「なるほど……たしかに、その考え方はあります。しかし、時間をずらせば全てをずらさないといけなくなります。それに、仕事によって時間が違いますし。何より、食料がないのです」

「結局、食料かぁ～。じゃあ、先に……それぞれの責任者に、奴隷であっても休憩をとらせるように言おうかな」

「それは構いませんが……彼等の稼ぎが減りますので、反発の恐れがあるかと」

「まあ、そこは説明するよ。じゃあ、明日の午前中に集まるように知らせといてくれるかな？」

「わかりました。では、そのように」

その後、畑があるエリアに行き……責任者と共に、土を調べてみる。

「作土が浅いし、土が硬いなぁ」

これじゃあ、穀物類……もとい、美味しいお米はできない。

米自体はあるけど、やせ細っていて美味しくない。

この世界の人間は気にしないけど、記憶が蘇った俺には辛い。

「排水、浸透性も悪いし……」

「す、すみません！　この中だと限界がありまして……それにしても、よくご存知ですね」

壁に囲まれた都市では、色々と限界があるよね。

「いえ、専門的なことはわからないですよー。それで、どうしたら良いですか？」

「綺麗な水と、土の入れ替えが必要かと思います」

「なるほど……両方、魔の森にありますか？」

「ええ、おそらく。昔は、そこから土を持ってきたと曾祖父《ひいじい》さんが言っていました」

「ひとまず、土と水だけでも俺がやりますね」

「はっ？」

「どこか、自由に使っていい場所はあります？」

「こ、ここで平気ですよ。今は、空の状態なので」

「わかりました――アースランス」

「へっ？」

中級魔法である土の槍を地面に突き刺し、そのまま進んでいく。

ズガガガッ!!　という音と共に、土が掘り返されていく。

そのまま往復を繰り返したら……。

「次は――水よ」

ホースから水が降り注ぐイメージで、シャワーのように撒《ま》いていく。

「は、はは……」

責任者の人が放心してるけど、めんどくさいので無視する。

「はい、これでひとまず平気ですかね？」

「は、はい！　貴重な魔法を使っていただき、ありがとうございます！」

「あくまでも応急処置ですから。今後については、きちんと考えておきますね」

次に、リンが待っている獣人達が暮らすエリアに行く。

「あっ！　お兄ちゃんだっ！」

「わぁー！　この前はありがとう！」

「あのね！　お母さん動けるようになったの！」

「そうか、なら良かったよ。きちんとお手伝いしたら、また美味しいごはんを食べさせてあげるからね」

現金なもので、たったあれだけのことで、俺に対する態度が変わった。

リンのおかげでもあり、それだけ待遇が良くなかったということだ。

そのまま挨拶を受けつつ、先へ進むと……。

「マルス様」

「どうかな？」

「ひとまず、三人を見繕いました」

「ありがとう……ふむ」

リンには、比較的健康そうで、使えそうな獣人を選出してもらっていた。

それは良いけど……彼等は、何故土下座をしているのだろうか？

十五話

うーん……俺がさせてるみたいで嫌だなぁ。

「あのさ、リン。その人達は、なんで土下座してるの？」

「私はしない方が良いと伝えたのですが……どうしてもと言うので」

「そっか……うん、とりあえず立とうか。それで、君達のことを教えてくれるかな？」

俺がそう言うと、三人が一斉に立ち上がる。

全身が薄汚れていて少し臭いけど、彼らだって好きでそうしてるわけじゃない。

そうだった……お風呂問題もあったね。

「じゃあ、君から行こうか」

「は、はいっ！　僕は犬族の獣人です！　貴方様のおかげで、少しだけ元気になりました！　ありがとうございます！」

元気よく挨拶してくれたのは、セミロングの白髪で、僕っ子口調の犬耳の少女だった。

可愛らしく人懐っこい顔をして、尻尾を振っている……可愛い。

多分、年齢は俺より少し下かな？　身長は百五十センチ前後ってところか。

うん、素直そうな子だ。

「あれ？　名前は？」

「な、ないです……ごめんなさい」

「マルス様、奴隷には名前がありませんから」

「あっ、なるほど。まだ、誰も買い取ってないってことか」

「あ、あのぅ……」

「ああ、ごめんね。リン、確認するけど……この三人は君が見込んだんだよね？」

「ええ、私自身の目で見て、使えると判断しました」

「なら、問題ないね……ひとまず、君達は俺が買い取るから」

「ふえっ？」

「お、俺を……？」

「ほ、ほんと……？」

「うん、とりあえずね。じゃあ、犬耳の君は――シロだ」

尻尾と髪が白いし、犬と言ったらこれかな……流石にポチとかじゃ可哀想だし。

「シロ……僕の名前……うぅ……嬉しいよぉ」

「ええ、その気持ちはよくわかります。では、貴女《あなた》は私が指導しますから」

「は、はいっ！　よろしくお願いします！」

ふむ……どうやら、自分の後継者に選んだのかな？

見た目は細っこいし弱そうだけど、そういやリンも最初はそうだったっけ。

「えっと、次は……背の高い君だね」

「オレは獅子族《ししぞく》の者でございます！　お腹いっぱいにしてくれた貴方に感謝を！」

二メートル近い身長に、痩せてはいるが引き締まった身体。

金髪は量が多くボサボサで、まるでたてがみのような感じに見える。

顔は精悍《せいかん》で、彫りが深いナイスガイって感じ。

「そっか、少しでも元気になって良かったね。じゃあ、君の名前はレオだね」

ライオンといったらこれしかないよね！

「あ、ありがとうございます！　オォォォォ――――！」

「うわっ!?」

「貴方――静かに」

「す、すみません……」

「いえ、嬉しいのはわかりますから。貴方にはマルス様を守る護衛として期待してます」

「へ、へい！」

すごい雄叫《おたけ》びだったなぁ……それにしても、レオがブルブルしてる？

俺がくる前に何かあったのかな？

「じゃあ、最後は君だね」

「ひゃ、ひゃい！　イタッ!?」

……今、舌を噛《か》んだね。ドジっ娘かな？

「はい、落ち着いて。君は？」

「え、えっと……兎族《うさぎぞく》の者です……昨日は、ごはんをありがとうございました……」

……リンを疑うわけじゃないが、この子で平気か？

気弱そうだし、目を合わせないし……いや、リンを信じよう。

「いえいえ。じゃあ、君はラビだね」

「ラビ……わたしの名前……うわーん！」

「良かったですね。貴女には期待してるから」

「が、頑張りましゅ！」

長さのある青い髪の女の子で、長いうさ耳が特徴的だ。

身長も小さいし、十歳くらいだろうね。

将来は美人さんになりそうな顔立ちだ。

……噛んだことはスルーしておこうね。

「なるほど、この三人は読み書きはできる？」

「はい、問題ありません。最低限のことは可能かと」

この世界の識字教育は、それなりに浸透している。

獣人でも、計算はともかく、読み書きくらいはできるみたいだ。

「それも含めて――この三人が私が選んだ者です」

……その瞬間、俺の頭の中でファンファーレが鳴る。

「仲間ができました！　テレレレッテッテレー！」

「はい？」

「ごめん、リン。どうしても言いたかったんだ」

「そ、そうですか」

「あっ――しまったぁぁ！　これはレベルアップの方だった～！」

「はい？　……まあ、いつも通りですかね」

「それはそれでひどくない？」

視線を感じたので見ると……。

「変な人……」

「変わったお方のようだ……」

「びっ、びっくりしたぁ……」

仕方ないじゃないか！　こちとらドンピシャ世代だったんだから！

「コホン！　では、このメンバーで出発しようか」

「貴方達、説明はしたから平気ですね？」

「ぼ、僕は匂いを感じたり、食材を集めます！」

「オレは後ろにいて、いざという時はマルス様を身を挺《てい》してお守りする！」

「わ、わたしは、音を聞きましゅ！　あと、気配を察します！」

なるほど、役割分担って感じかな。

ゲームでも、バランスが大事だし。

その後、軽く食事を取り……森の中へと入っていく。

「こ、怖いよぉ～」

「大丈夫ですよ、私が付いてます」

「この感じ……久々だぜ」

「うぅー……何も出ないといいなぁ……」

「いや、出ないと困っちゃうからね？」

シロとリンを先頭に、俺とラビ、後ろにレオが一列に並ぶ。

「リン、いざという時はどうするの？」

「私がマルス様を担いで走ります。レオは二人を抱いて走ります。この人数なら、いざという時逃げるのも楽ですから」

なるほど、それもあってこの編成なのか。

その後、進んでいくと……。

「あっ、これ食べられますよ？」

「なるほど、では持っていきましょう」

「俺には、只《ただ》の草にしか見えないけど？」

どう見ても、その辺に生えてる雑草みたいだ。

「この子の鼻は、おそらく私より利きます。大丈夫ですよ」

「ま、間違ってたらごめんなさい」

「ううん、俺の方こそごめんね」

「あっ――言ってた通りだぁ」

「うん？」

「や、優しい方だって……奴隷にも、ふつうに接するって」

「リン？」

「私は人柄をお伝えしただけです」

何を言ったか知らないけど……むず痒《がゆ》いなぁ。

その後も、その子は色々な物を見て……食べられると言って、採取していく。

「なるほど……」

犬族は嗅覚が優れているから、食べられるモノが感覚的に判別できてるのかも。

「あっ！　き、来ちゃいますよ！」

ラビがそう言った後、すぐにガサガサという音がする。

「各自！　戦闘態勢へ！」

そして、ゴブリンとオークが現れるが……。

「シッ！」

「オラァ！」

「ウインドカッター」

次の瞬間には、敵は全滅していた。

リンが斬り込み、レオがブン殴り、その隙に俺が魔法で仕留めていく。
理由は簡単で、事前に戦闘準備をすることができたからだ。
「はっきり言って、俺に不足しているのは戦闘経験だよね」
魔物や魔獣が出ればびびって、手元が狂いそうになるし。
でも、先にわかっていれば、少しはマシになる。
さらには、レオが隣にいることで安心感がある。
なるほどねぇ……リンの狙いがわかってきたかも。

十六話

その後も、進んでいくけど……。

「クンクン……これも食べられそうです」

「じゃあ、カゴに入れましょう。レオ、お願いします」

「へいっ！　姐《ねえ》さん！」

レオが背負っているカゴに、果物らしき物や草を入れていく。

「……姐さん？」

「ええ、オレにとって姐さんですぜ。弱っているとはいえ、まさか力負けするなんて……」

「リン、何をしたの？」

「いえ、ちょっと教育をしただけです。元々、反抗的な奴隷で有名だったらしく……ひどい仕打ちを受けて……それでも、強靭《きょうじん》な肉体と精神で耐えていたそうです」

「オレは、自分より弱い奴に従うのが嫌だっただけです」

「なるほど、それで？」

「姐さんに、主人に会わせたいからついてきてと言われまして……生意気にも逆らいまして――しこたま殴られました」

「へっ？」

「ワンパンってやつですね」

「そ、それは……アリなの？」

「ええ、獅子族の特徴は、自分より強い者に従うことですので」

「へぇ～なるほどね」

ヤンキーが、もっとすごいヤンキーに惚《ほ》れるみたいな感じかな？

「最初はマルス様のこともアレでしたが……あの魔法を食らえば、オレもタダじゃ済まないっす」

「言ったでしょう？　我が主人は、強くて優しい方だと」

「はは……リン、あんまり持ち上げないでね？」

「ふふ、そうですね」

すると……。

「あ、あのぅ……」

「うん？　ラビ、どうしたの？」

耳をピクピクさせながら、俺に近づいてくる。

「何か、動いている音が……ゆっくりな感じで」

「リン？」

「ゆっくりですか……魔物は見境なく襲ってくるはず。ならば、魔獣の可能性が高いですね」

「ま、間違ってたらごめんなしゃい……」

「別に怒らないから安心して。方向はわかるかな？」

「えっと……あっちの方から聞こえます」

「では、シロ」

「は、はい？」

「血の匂いなどはしますか？」

「クンクン……多分、しないです」

「ありがとうございます。では、移動を開始しましょう」

リンの掛け声により、再び一列に並んで動き出す。

できるだけ、静かに歩き続け……。

「みなさん、止まってください……ラビ、お手柄です」

リンが指差す方を見ると、十数頭のオルクスの群れがいた。

真っ黒の身体で牛に近い姿だが、その大きさは二メートルを超えている。

槍のようなツノも二本あり、貫かれたら……死を免れないだろう。

「ほっ、良かったぁ……でも、いっぱいいるよぉ」

「わぁ……たくさん草を食べてますよ」

「チッ、奴等は強いぜ。姐さん、どうするんで？」

「全員でかかってきたら対処できませんね……二頭は欲しいところですが……マルス様、お願いできますか？」

「どうしたらいいかな？」

「マルス様の魔法で殲滅《せんめつ》は可能ですが、その場合は……」

「うん、綺麗にはいかないね。細切れか、ミンチになっちゃうね」

威力のある風魔法では、ズタズタになっちゃうし……。

土魔法でも、ぶっ潰してしまうなぁ……。

火属性は森を燃やしちゃうし、水魔法は攻撃に向かないし……。

うむ、チートも考えものだね。

「では、分断はできますか？」

「分断……なるほど、それならできるかも」

俺は草むらの陰から、様子をうかがう。

できれば、オスとメスが良いよね。

メスは少し赤みがかった黒だから……よし、あそこが良いね。

二頭のオルクスが、群れから少しだけ左に離れるのを待ち……。

「アースウォール」

俺を起点として、真《ま》っ直《す》ぐに土の壁が出現する。

「ブルルッ!?」

「ブル!?」

今ので、二頭と他の群れの間に壁ができた。

「続けて――アースウォール」

今度は、右方向に土の壁を出現させる。

これで『L字型』になり、群れの奴等は、すぐには助けに来れない。

「す、すげぇ……！」

「わぁ……！」

「はわわっ……！」

「お見事です！　何を惚《ほう》けているんですか！　レオ！　貴方の出番ですよっ！」

「へ、へいっ！」

レオとリンが、それぞれオルクスに襲いかかる！

俺はというと……シロとラビに挟まれつつ。

「させないよ」

魔力を送り続け、壁を壊そうとしているオルクスを阻止する。

殺すことは簡単だけど、数を減らしちゃいけない。

ゆえに、なるべく残りは無傷でいてもらわないと。

そして、五分ほど待っていると……。

「マルス様、遅くなってすみません」

「ううん、まだまだ余裕があるから平気だよー」

さっきから、ズガンズガンと音がするけど……。

ずっと、頭突きをしているのだろうね。

少し可哀想だけど……これも、俺達が生きるためだ。

「平気だとは思ってましたが……恐ろしい魔力量ですね」

「まあ、今のところ限界はわからないけど……あれ？　レオは？」

「オレならここにいます」

「うおっ!?　す、すごいね……」

まるで米俵を担ぐように、オルクス二頭を担いでいる。

なるほど……レオの役割にはこれもあるのか。

「何を言うのですか。マルス様の魔法に比べれば、大したことじゃないですぜ」

「そんなことないよ。俺には、そんなことできないもん。適材適所ってやつだね」

「えっと……？」

「まあまあ、ひとまず帰りましょう」

「うん、そうだね。じゃあ、レオは二人を連れて先に行って」

「わかりやした」

二人を逃がす時間を稼いだら……。

「リン、準備はいい？」

「いつでも」

「じゃあ、やめるよー」

魔力を送らなくなった瞬間……ズガガガという音がする。

「バルルルッ!!」

「フシュルルル！」

そして……怒り狂った彼等が、目の前にいます。

「そりゃー、そうだよね」

「いきます！」

「ひゃぁ!?」

む、胸が当たってるよ!?　というか、女子みたいな声出たよっ！

リンに抱きかかえられ、俺達はオルクスの群れから逃げ……。

どうにか、振り切ることに成功する。

「ここまで来れば平気ですね。彼等も人里には近寄らないですから」

「ふぅ……怖かったぁ～」

「ふふ、なかなかスリルがありましたね」

そして、皆と合流して森の外へと出る。

「マルス様、さっきの話ですが……」

「うん？　ああ、適材適所ってやつね。いや、リンがこの面子《メンツ》を選んだ理由がわかったからさ。シロは匂いに敏感で食材とかを集めるのに適してるし、血の匂いである程度相手の状態がわかる。ラビの耳は気配や音に敏感で、敵がくるのを事前にわかったり、様子も何となくわかる。レオは力持ちだから獲物を運べるし、単純に前衛としても優秀だ」

「ぼ、僕、役に立てました……？」

「わ、わたしも……？」

「お、オレもですかい？」

「うん、もちろんさ。俺にはできないことだからね。みんな、ありがとう。リン、よくやってくれたね」

つまりはレオが前衛、ラビとシロで斥候や採取、後衛が俺、中衛兼全体の指揮をとるのがリンという感じかな。

ゲームでもそうだけど、パーティーバランスって大事だよねっ！

十七話

帰る頃には日も暮れ始め……。

夕日に照らされつつ、俺達は凱旋《がいせん》した。

そう、正しく……魔王を倒した勇者のように歓迎される。

「おいおい!?」

「見てみろよっ!?」

「オルクスだよっ！」

「二頭もいるわよっ!?」

「領主様が、今日も大物を持ってきたぞぉぉ——!!」

「「うぉぉぉ!!」」

……めちゃくちゃ盛り上がってますねー。

いや、気持ちはわかるけど。

「はい！　どいてどいて！　後で、皆さんにも配りますから！」

押し寄せてくる人々に呼びかけつつ、歩いていると……。

「マルス様！　ご無事でなによりです！」

「ヨルさん、ただいま。悪いけど、説明をしておいてください」

「わかりました。では、このままお進みください」

ひとまず、領主の館の前にオルクスを置いてもらう。

「レオ、お疲れ様。みんなもありがとね」

「い、いえ！」

「こ、こちらこそ！」

「ひゃい！」

「ふふ、良い働きでしたよ？　マルス様、まずは彼等をギルドに連れていってもいいでしょうか？

冒険者登録をさせようと思います」

「うん、良いよー」

「では三人とも、ついてきてください」

リンに連れられて、三人は街の中へ向かっていった。

「んじゃ……俺は、みんなにご褒美を用意しておこうかな」

領主の館には、広い庭というか、スペースがある。

そして、ここは俺の自由にして良いと書いてあった。

「つまり、好き勝手にしても良い場所ってことだ」

えっと、まずは土魔法で穴を開けて……深さはこれくらい？

「広さは、七、八人くらい入れればいいかなー」

まあ、最悪後でどうとでもできるし……ひとまず、適当でいいか。

「これに水を入れて……火で温めて……土魔法で蓋をすると」

うん、これで良いね……あっ、眠くなってきた。

今日も働いたもんなぁ〜。

俺はベンチに座って、うつらうつらしながら……夢の中へ。

……あれ？　なんか、気持ちいい……？

モフモフしたものを触ってる……？

「ひゃん!?」

「へっ？　……リン？」

「お、おはようございます……」

「あれ？　……寝ちゃった？」

「ええ、驚きましたよ。風邪をひいてはいけないと思い、こうして膝枕をしつつ、尻尾で温めておりました」

なるほど、モフモフの正体はこれか。

「あ、あのぅ……あまり触られると……」

「ご、ごめん！」

「い、いえ、久々だったので……以前は、よく触っていましたよね？」

「あぁーそうだね。でも、シルクに怒られちゃったから」

肌を触るようなものですわっ！　って言われてしまったし。

「ふふ、相談しましたからね。べ、別に嫌なわけじゃないんですよ？」

「うん、わかってる」

「その……たまになら良いです」

「じゃあ、そうするね」

「ところで……アレはなんですか？」

「うん？　……あっ、忘れてた」

ひとまず起き上がり、きちんと説明をする。

「なるほど……きっと喜びますよ」

……リンの尻尾が揺れてる。

「リンも入っていいからね？」

「は、はいっ！」

「ウンウン、リンには世話ばかりかけてるからさ」

「い、いえ……さて、まずは食事にしましょう。寝ている間に、みんなが手伝ってくれてますから」

「そうなの？」

「ええ、人族も獣人も一緒に。勝手ながら、マルス様の名前を使わせていただきました。仲良くしなかったら、オルクスをあげないと……」

「なるほどね。うん、それくらいならいいよ」

「じゃあ、行きましょうか」

リンの後を追って、広場に出てみると……。

「おい！　これはどこ……にやればいい」

「そ、それは、そこにお願いします！」

人族に指示してるのはラビか……。

「なんだと!?」

「や、やんのか!?」

「やめんかっ！　マルス様のお気持ちを無駄にするのかっ！」

喧嘩を止めているのはレオか……。

「おい、これはどうやって食うんだ？」

「はいっ！　それはですね……」

人族と一緒に調理しているのはシロか……。

「多少強引でしたが、この形にさせていただきました。これで仲良くなるとは思っておりません」

「うん、そうだね。そんなに簡単に上手くいったら、とっくに良くなってるもんね。でも……悪くない光景だね。別に仲良くする必要もないしね……要はお互いに理解し、尊重し合えれば良いんだから」

住み分けというか、適切な距離感とか……うん、そういうのも大事だ。

仲良しこよしが、正しいわけでもないし。

「あっ！　マルス様だっ！」

「ありがとうございます！」

「これだけあれば、全員に行き渡ります！」

俺に気づいた住民達が、次々とお礼を言ってくる。

「別に、俺だけの力じゃないから。さあ、まずは――宴《うたげ》じゃー!!」

「「「オォォォ――!!!」」」

あちこちで、涙を流しながら食べる獣人がいる。

酒を飲み、肉に齧り付き、歓喜の声を上げる冒険者達がいる。

家族で肩を寄せ合い、噛みしめるように食べている人達がいる。

流石に全員がお腹いっぱいとはいかないけど、ある程度は満足に行き渡るだろう。

「マルス様！　これ！」

シロが、俺に骨つき肉を差し出してくる。

「おっ、ありがとね」

「拾った物で香草焼きにしましたっ！」

「なるほど、いただきます――ウマッ！」

噛んだ瞬間に溢《あふ》れ出《で》る肉汁！

スパイスが効いてる味付け！

噛むたびに旨味が口の中で弾ける！

「えへへ、良かったですっ！」

「これ、香草を使って？」

「はい、それと一緒に焼くことで旨味が閉じ込められたり、柔らかく仕上がるんです！」

「シロはどこでそれを？」

「ぼ、僕は……調理担当の奴隷で……美味しそうな素材が捨てられてて……調理法を思いついても、それを言ったら怒られて……」

「そっか」

「それに、お腹がすいても自分は食べられないし……教えても意味ないのかなって思って……でも、マルス様のおかげで食べられるようになって……うぅ」

「ほら、泣かないでよ。幸せな時は笑えば良いんだよ」

「グスッ……はいっ！」

「ほら、シロも食べてきなよ」

「いってきますっ！」

シロが走り去り……。

「ふふ、懐かしいですね」

「うん？」

「私も、シロのように思ってました。逆らっても、意味なんかないと」

「そっか……埋もれてる才能がありそうだね」

「ええ、それも狙いでした」

「なるほどね、頼りになること」

「いっぱい勉強しましたから。さあ、まずはお腹いっぱい食べましょう。野菜も果物もありますからね」

その後、みんながお腹いっぱいとはいかないが、満足して帰っていく……。

「さて、レオ、シロ、ラビ。今日から、君達は俺と一緒に暮らしてもらう」

全員の顔が驚愕《きょうがく》に染まり、口をパクパクさせているが、あえて無視する。

「というわけで、とりあえずついてきて」

「ほら！　行きますよっ！」

三人は困惑しつつも、大人しくついてくる。

そのまま領主の館に行き、蓋を外すと……。

「はいっ！　まずはお風呂ですね！」

「「「へっ？」」」

「マルス様、このままでは混浴になってしまいますよ？」

「それもそっか……よし」

真ん中に壁を作って、その周りも土壁で囲む。

これで即席の露天風呂の完成だ。

今度、扉も含めてきっちりと作ってもらおうっと。

……別に残念だなんて思ってないんだから！

「はい、どうぞー」

「マルス様、ありがとうございます。ラビ、シロ、行きますよ」

「「はいっ！　マルス様、ありがとうございます!!」」

リン達が入ったら、出入り口を塞ぐ。

「レオ、行くよ」

「へいっ！」

俺達も入り、出入り口を塞ぐ。

そこで裸になり——湯船に浸《つ》かる。

「ふぅ……気持ちいい～」

「マルス様、いい湯っす」

「うん、蓋をしてたからあったかいしね。それにしても……景色も最高だ」

「今日は星が見えますし」

すると……静かだった隣が騒ぎ出す。

「お、お風呂って気持ちいいんですね！」

「うわぁ……わたし、初めてです！」

「ふふ、そうね」

ウンウン、みんな喜んでくれて何よりだね。

さて……少しは、スローライフに近づいてきたかな？

十八話

……ふぁ〜、ねむ。

「マ、マルス様、朝なのです！」

「もうちょっと……」

「さ、さっきも、そう言いました！　うぅー……わたし、怒られちゃうよぉ〜」

「ラビ？　何をしているのです？」

「リンさん！　マルス様が起きなくて……ごめんなさい、お仕事任されたのに」

「いえ、仕方ありませんよ。私も最初は苦労しましたから……では——ソレッ！」

「わひゃー!?」

「すごいです！　起きました！　でも、いいんですか？」

「よくないよっ！　くすぐったいよっ！」

まったく、いきなり脇をくすぐるとか……まあ、よくやられたけどさ。

「おはようございます」

「おはよう……いや、そんなキリッとした顔して誤魔化さないでよ。んで、どうしたの？　まだ、早くない？」

「もうすぐに九時の鐘が鳴りますよ。マルス様が言ったんですよ。明日、それぞれの責任者を集め

ろって」

「あっ、忘れてた。仕方ない……働くとしますか」

俺は重たい身体を動かし、ベッドから出る。

ひとまず顔を洗って歯をみがき、食卓につく。

「あれ？　そういや、レオやシロは？」

「もう、みんな朝ごはんを食べましたよ。レオは筋トレや鍛錬をしてもらってます。本来の力が戻れば、戦力になりますから。いずれ、この館の守りを任せるかと。シロは見習い料理人として働いてもらいます」

「もぐもぐ……これ、うまいね」

煮込みスープかぁ……昨日のオルクスがホロホロになって美味しい。

野菜の旨味と肉の旨味……やっぱり、両方揃うことで相乗効果が生まれるよね。

「聞いてます？」

「こ、怖い顔しないでよ。聞いてるから。うん、リンに任せるよ」

「まったく……そんなに全部、私に任せていいのですか？」

「うん、信頼してるから」

「むぅ……それを言われると弱いですね。まあ、いいでしょう」

ふふ〜ちょろいのだ。

「なにか？」

「いえ、なにも」

俺は真面目な顔で食事をして、難を逃れるのであった。

さて、どうするかなぁ〜。

食事を済ませた俺は、奴隷商と奴隷を雇っている人達を集めた。

「えー、まずはお忙しい中お集まりいただきありがとうございます」

「マルス様、貴方は王子ですから」

「むぅ……偉そうにするのは苦手なんだけどなぁ……まあ、大目に見てよ」

すると……彼らからヒソヒソ声が聞こえてくる。

「やっぱり、変わり者だ……」

「奴隷解放とかいうんじゃ……？」

「獣人を秘書に……俺達、罰を受けるのか？」

まあ、そうなるよねー！

「コホン！　まず初めに言っておきます。俺は、別に獣人達を優遇するつもりは一切ありません。

ただ、彼らにも正当な権利を与えたいと思ってます」

「それは一体……？」

「簡単なことです。きちんとした食事、住み処、休息の時間などです。皆さんだって、一日中働きぱっなしだと疲れるでしょう？　彼等も同じですよ」

「し、しかし、それでは仕事が終わらないのでは？」

「奴等がつけあがると思います！」

「そもそも、食事だってタダではないのです！」

「うん、わかってるよ。でも、休息を取った方が効率はいいから。当たり前だけど、ごはんを食べないと元気が出なくて、仕事も捗《はかど》らないよ。あと……仕事に見合った給料を払ってるのかな？　彼等は、辛い重労働をしてると思うよ？」

「な、何故、我々が……」

「そんなことしたら、俺達の儲《もう》けが……」

うーん、すでに長年の積み重ねで既得権益まで発生しているからなぁ。

これを今すぐに辞めさせることは難しいか……まずは、少しずつだね。

「ならば、見張りを減らせば良いのでは？」

「しかし、そんなことすれば反乱が……」

「冒険者達の仕事だって……」

ここでの冒険者の仕事は、主に見張りらしい。

あとは近隣の村からの依頼で、近辺に出る魔物や魔獣退治、荷物運びなど。

間違っても、魔の森の奥には入っていかないらしい……採算が合わないってことで。

一攫千金《いっかくせんきん》できるダンジョンのある世界ではないし、現実的な職業なのかも。

「冒険者の仕事については考えてあります。そして、そもそもきちんとしていれば反乱など起きないのでは？　貴方達が、ひどいことをしているということを認識している証拠です」

「うっ……そ、それは……」

「い、いや、しかし！」

あんまりしたくないけど、ここは強めに言っておくか。

「とりあえず、お昼休憩は絶対です。そしてお昼ごはんは、専門の者達が用意します。なので、貴方達の懐が痛むことはありません。そして休憩をさせた結果、仕事が終わらないのなら、補填分は我々が支払います」

「そ、それなら……」

「まあ、いいですけど……」

「はい、というわけで解散です。賃金の引き上げや、労働時間については、また後日改めて話し合うことにするね。最後に……もし不正をしたり、きちんと休憩を取らせなかったら――」

空高くに燃え盛る炎を出現させる。

「ヒイィ!?」

「あ、熱い!?」

「これが頭上に落ちると思ってね？　なに、そんなに難しいことは言ってないよね？　当たり前のことを当たり前にやってくれるだけで良いんだから」

「「は、はいっ!!!」」

「では、解散！」

彼等は逃げるように立ち去っていった。

「まあ、すぐには無理だよなぁ」

前の世界でも……当たり前のことを当たり前にできない人が多かったし。

ちょっと相手の立場になってあげればわかることを、上に立つ者達がわかっていない。

立場が人を変えるのか、元々そうなのかはわからないけどね……。

「ふぅ……疲れたぁぁ」

「ふふ、お疲れ様でした」

「あれで良かったのかなぁ？」

「やってみないとわかりませんが……私は良いと思いましたよ？　たしかに奴隷という身分は嫌ですが、きちんと食事や休憩があるなら、そっちのが良いという獣人もいると思いますから」

「なるほどね……まあ、安心して暮らせればいいってことかな？」

「ええ、彼らも仕事がないと困りますし」

「あとは適材適所の人事が必要だね……はぁーめんどい」

その後、自室にてお金について考える。

「まずは、賃金を考えるとして……」

この世界は貨幣制度だよね。

金貨、銀貨、鋼貨、銅貨、鉄貨の順番に価値があって……。

鉄貨十枚で銅貨一枚、銅貨十枚で鋼貨一枚……っていう感じだったよね。

「リン、ここの奴隷の賃金は？」

「大体、一日中働いて……銅貨一枚ですね」

えっと……一番安いパンとかが、一個鉄貨三枚だから……パンが三つしか買えないのか。

「それじゃあ、痩せちゃうし身体を悪くしちゃうよね」

「ええ、しかもそれより低くしか……もらえてない者もいるでしょう。当時の私のように……ゴミを漁《あさ》り、物乞いのように……！」

「リン……」

「す、すみません……なまじ獣人というのは頑丈なだけに、扱いが雑でも平気だと思われてしまったのでしょう」

「そうだね、基本的に人族より頑丈だもんね」

「ええ。なので、まずは食べさせてあげれば、割と早く回復するかもしれません」

「そうだね……じゃあ、今日も行くとしますか！」

「ふふ、働き者ですね？」

「めんどいけどね……まあ、今のところ領主としてやることはこれ以外にないし」

昼食を済ませたら、レオ、ラビ、シロを連れて、俺とリンは狩りに出かけるのだった。

十九話

俺達が、都市を出ようとすると……。

「あれ？　ヨルさん？」

兵士数名を連れたヨルさんが、門の前で待っていた。

「マルス様、お待ちしておりました。マックス、挨拶を」

「はっ！　お初にお目にかかります！　私の名前はマックスと申します！　ヨル殿の副官を務めております！」

これまた、元気マックスな人が現れたなぁ。

地味な顔だけど、身体もでかいし、レオくらいありそう。

「どうも。えっと、それで……？」

「本日も狩りに出かけるとお聞きしたので、この者達を連れていってほしいのです」

「どうしてかな？」

そこでヨルさんが、俺を端に寄せ、こっそり耳打ちをしてくる。

「実は……彼らは、この都市でも有力な家の者でして……獣人に対してひどい扱いこそしてませんが、マルス様の行いに疑問を抱いています」

「ふんふん、それで？」

「そこで、彼等を連れていくことで、獣人の有用性を感じてほしいと思っております。荷物運びや清掃や雑用ばかりをさせてはもったいないと。私も、マルス様のおかげで目が覚めました。リン殿が、あんなに優秀だとは……指揮能力、管理能力共に文句のつけようがございません」

ヨルさんは、俺がいない間にもリンと話し合いをしてるんだっけ。

館の外側はヨルさんが、中はリンがっていう感じで……。

その際、色々と気づいたのかもしれない。

どうしても長年の歴史があるから、そういうものだと思い込んでいたのかも。

「うん、そうなんだよ。彼等の能力を発揮させてあげれば、色々と変化を起こせると思うんだ。もちろん、人族にしかできないこともあるから、そこは協力し合っていかないとだけどね」

「ええ、我々は協調性があったり、組織を作ったり、頭を使うことに長《た》けていると思います。もちろん、魔法を使えることも」

「うん、そうかもね。わかった、じゃあ連れていくとするよ」

人は良くも悪くも流されやすい……。

きっと、変えなきゃいけないって思ってる人はいると思う。

ただ、それを言うことで迫害されることを恐れてる。

人と違うってことは、異端なことだと……でも、俺なら言える。

この王子という立場なら……そして、社畜として辛い経験を積んだ俺なら、その意識改革ができるかもしれない。

すると……何やら騒がしくなる。

「マルス様の守りはオレの役目だっ！」

「薄汚い獣人などに任せられるかっ！」

「貴様に何がわかる！　オレが好きでああなっていたとでも!?」

わぁ……早速、喧嘩してるよぉ〜。

「リン、どうしたの？」

「自分達が後衛なのがお気に召さないようですね」

「なるほど……はいっ！　喧嘩しないっ！」

二人の視線が俺に向けられる。

「レオ、喧嘩腰は良くないよ」

「し、しかし！」

「うん、君の気持ちは嬉しい。人を憎むのもわかるし、もちろん憎み続けてもいい。でも俺に免じて、その気持ちを少しだけ抑えてほしい……だめかな？」

「い、いえ……すみませんでした」

「ううん、謝ることはないよ。その気持ちを否定はしないから」

すると……。

「ふん、みたことか」

「はい、君も良くないよ。俺の役に立ちたいと思ってくれるのは嬉しい。でも、言い方が良くない。

今日のところは後ろで見ててほしい……いいかな？」

「……わかりました」

はぁ……疲れる。

けど、まずは知ることから始めないと。

俺の快適なスローライフのために！　……とほほ、いつになるやら。

昨日と同じようにフォーメーションを組み、森を進んでいき……。

「何か来ます！」

ラビが反応し……。

「各自！　警戒を！」

リンが声を上げ……。

「僕がマルス様を！」

シロが、俺の横に立ち……。

「オレが前に出ます！」

レオが、全員の前に出る。

そして……。

「ゲギャキャ！」

「フゴー！」

通常のゴブリンやオークが現れるが……。

「オラァ！」

「シッ！」

「アースランス」

一瞬で、葬り去り……。

「見てください！　これ、食べられますよっ！」

道中で、シロがもの拾いをし……次々とレオの背負ったカゴに入れていく。

「う〜ん……こっちかな？」

ラビが音を聞き、そちらに行くと……。

「行きますっ！」

ホーンラビットがいたので、リンが一瞬で間合いを詰め始末する。

また、ラビが反応し……ブルズがいたので、俺が魔法で仕留める。

それをレオが肩に担ぐ。

「うむ……」

「す、すげぇ……連携が取れてる」

「俺達人族では無理な方法だ……」

よしよし、やっぱり見てもらうのが一番良い。

どんなに俺が言ったところで、実感がないとね。

俺が命令すれば、良くなるかもしれないけど、それじゃあ意味がないし。

そして、一度引き返すことにする。

その間も彼らは神妙な表情で、何やら考えている様子だった。

日が暮れる前に、都市に到着すると……。

「マルス様、お帰りなさいませ」

「ただいま、ヨルさん。今回は、大物はいなかったよ。彼等がいるから、少し早めに切り上げたし」

「いえ、十分かと。マックス、どうだ？」

「……力がなく役立たずだと思っていた犬の獣人が、匂いを嗅いで食べ物を選別すること……怯《おび》えてばかりの兎の獣人が、敵の気配や音を感じること……逆らってばかりで、我が強い獅子の獣人が、しっかり連携を取っていること……悔しいですが、有用性を感じてしまいました」

「そうか、それがわかったなら良い。あとは、己と折り合いをつけるんだ。マルス様は、我々をも救おうとしている。その邪魔をしてはならない」

「うん、別に獣人を特別扱いするつもりはないから。人族にも幸せになってもらわないと」

「失礼な態度を取り、申し訳ありませんでした……レオとか言ったな？」

「お、おう」

「……すまなかった。ひとまず、お前の力は認める」

「ふん……受け取ろう」

二人は渋々ながらも、握手を交わした。

まあ、少しはマシになったかな？

さて、早く館に帰ってのんびりしたいところですが……。

まだ、やらなくてはいけないことが残ってるよね。

「はいっ！　しっかりやって！」

「な、なんで、私がこんなことを……！」

「我々は選ばれし者なのに……」

「こんなのは、俺達の仕事じゃない！」

「何故ですか？　貴方達が普段食べてる物は何ですか？　ここにある作物ではないと？」

たった今、ギルドにいた成人した魔法使いを使って、畑仕事をさせています。

傲慢さを隠しきれない彼らを、半ば強制的にやらせています。

だって、こっちのが早いもん。それに、お金はきちんと払うし。

「そ、それは……」

「でも、魔法を使える我々は特別なのに！」

はぁ……どこの世界でも、特権階級っていうのは困ったなぁ。

彼等だって、大したことはしてないのに。

魔の森から迷い出てくる魔物や魔獣を、遠距離から倒してるだけだっていうし。

「別に魔法を使えるから特別というわけじゃないですよ。それは料理が上手だったり、走るのが早かったり……その中で、君達は魔法が得意というだけです」

しかも、中途半端に使える人ほど傲慢な感じだよなぁ。

きっと、それが己のプライドを保つ術なんだろうけど。

「そ、そんな……」

「マルス様ほどの魔法使いが……」

うーん、これは厳しいなぁ。

さて、次のところに行こうかな。

場所を変えて、様子を見ると……。

「わぁ！　すごいねっ！」

「私達の魔法でも、役に立つんだねっ！」

「俺、頑張ります！」

畑を土魔法で掘ったり、水魔法で水を与えたりしている。

……どうやら、成功のようだ。

「リン、どう？」

「悪くないかと思います。成人未満で、下級魔法しか扱えない彼らですが、畑仕事をする分には問題ありません。何より、仕事があるだけありがたいと言っていますね」

こっちは一般よりは扱えるけど、魔法使いとしては未熟な人達を集めた。

水を出したり、火を起こしたりしかできない役立たずと言われていた子達だ。

でも若い分だけ柔軟性もあるし、魔法が特別なものではないと、すんなり受け入れることができたようだ。

「よしよし……」

これで稼げない冒険者達を潤わすことができる。

それに若い彼等が変わることで、大人達や次の世代に影響するかも。

「何より、これで作物が育つ」

つまり、食材が増える。

ふふふ、待っていろ！　快適なスローライフ！

……くるよね？　……頑張ろっと。

二十話

次の日、俺はある二人を呼び出していた。

「レオ、マックスさん、わざわざすまないね」

「いえ、オレは構いませんが……ボス、何事ですか？」

……ちょっと待って！

「ボ、ボスって何？」

「いえ、姐さんの主人なので、何て呼べばいいか迷いまして……ダメっすか？」

「い、いや、別にいいけど……まあ、領主だから間違ってないのかなぁ」

「コホン！　私とこやつですか……何をなさるので？」

まあ、いきなり仲良くはなれないよね。

「実は、今日からお昼ごはんを奴隷達に与えようと思ってるんだ。もちろん、街の人族にもね。これは領主としての政策だと思ってくれていい」

昼ごはんを作って食べるのだって、時間がかかる。

これがなくなれば、結果的に仕事は捗るし、余裕ができる。

そして、領主としてお母さん達を雇うことによって、生活の足しにもなる。

そして、お金を使う余裕もできる。

これにより経済が活性化すれば、税金も増えていくだろう。

そういったことを、掻《か》い摘《つま》んで説明すると……。

「なるほど、素晴らしい考えかと」

「ええ、レオに同意します」

「うんうん、そう言ってくれると嬉しいよ。それで、二人には今日から狩りに出かけてほしい。獣人族と人族の混合パーティーで」

二人は難しい顔をして唸《うな》っている。

……この二人が嫌だと言ったら、この作戦は上手くいかない。

俺は焦らずに、返事をじっくり待つことにする。

そして、しばらく待つと……二人が頷く。

「わかりましたよ、ボスに誓います。ひとまず憎しみを抑え、協力すると」

「私も同じく。奴隷を不当に扱うことだけは絶対にいたしません」

「ありがとう、二人共。じゃあ、早速行動開始といこうか」

先に二人に、それぞれ仲間を集めに行ってもらう。

「マルス様、私達はどうしますか？」

「もちろん、最初はついていくよ。緊急事態になったら対処しきれないからね」

俺も仕事がなかったり、手の空いている獣人族や人族を連れて、都市の入り口に向かう。

そこでは、人族と獣人族が気まずい空気の中、一箇所に集まっていた。

「ボス、ひとまず揃えましたぜ。一応、憎しみが少ない者達です」

レオの後ろには、屈強な熊族といわれる獣人族がいる。

「マルス様、こちらもです。偏見が少ない者を集めました」

マックスの後ろには、魔法使いや戦士達がいる。

多分、ランクは高くないけど……それで良い。

それでも、この気まずさだもんなぁ。

やっぱり、根強いよね……。

「マルス様、後ろの者達は？」

「彼等は荷物運び用に雇ったんだ。森を切《き》り拓《ひら》いて、木材を持って帰ってもらう」

「なるほど……我々は、その護衛ということで？」

「マックスさん、正解だね。レオ、理由はわかるかな？」

「……守るために連携をする必要があるかと」

「そういうこと。いきなり上手くいくなんて思ってないから。というわけで、お試しってことで」

ひとまず、彼等が先に出発し、その後を俺達がついていく。

森に入ると、すぐにラビが反応する。

「来ます！」

「わぁ!?　来たっ！」

「ヒィ!?」

戦えない者達が騒ぎ出すが……。

「慌てるな！　ゴブリンごとき敵ではない！　皆の者！　二対一に持ち込んで、確実に仕留めろ！」

基本的に人族は弱い……しかし、それを数と連携で補う。

そして、協力して魔物を仕留める。

「勇敢なる熊族よ！　敵を蹴散らせ！」

「オオゥ！」

熊族の者は、その太い腕で……一撃で仕留める。

その姿はまさしく熊に近く、厳つい顔、逞《たくま》しい肉体、二メートル以上の身長。

彼等も扱いが難しいとされる獣人の一種だ。

暴れられたら手がつけられないから、迂闊に仕事も任せられない。

しかし、レオの説得により、何とか了承してくれたようだ。

「いや～すごいね」

「ええ、彼等が力を貸してくれるなら心強いですね」

その後あらかた片付いたら、獅子族や熊族が木を根元から抜く。

その間の警戒はラビを含む兎族が……。

魔物や魔獣が出てきたら、冒険者達が魔法や武器で仕留める。

「ウンウン、まさしく適材適所ってやつだね」

そのまま、すんなりいくかと思ったけど……そうはいかないようだ。

ラビの耳がピクピクと動き……。

「マルス様！　何か大きな生き物が来ます！」

「レオ！　マックス！　戦えない者達を守って！」

「「かしこまりました‼」」

それを確認し、リンと一緒に前に出る。

そして……ズシーン……ズシーン……という足音が聞こえる。

「これは……」

「どうやら、木を抜く音に釣られてきたようですね——トロールです」

落ち窪んだ醜い顔……三メートルを超える身体と相撲取りのような肉体。

全身は緑色に染まっており、その口元からはよだれが垂れている。

こいつが、トロールか……。

高位の魔物の一種で、熟練の冒険者でないとダメージすら与えられない。

何より大食漢として有名で、放っておくと魔獣を食べ尽くしてしまう。

その強さ以上に、それが恐れられているらしい。

「あっ——あいつ、何かを持ってる？」

何と、片手で生き物を引きずっている。

「あ、あれは……ゲルバですっ！」

……あれがそうなのか。

「つまりは、鶏だね？」

その姿はダチョウに近い……しかし、鶏肉《とりにく》の味がすることは知っている。

記憶を取り戻す前に、食べたことがあるからだ。

「も、もうダメだっ！」

「だから言ったんだ！」

「落ち着け！　負けることはない！」

人族が騒ぎ出す。

「俺がやる！」

「落ち着け、ベアよ」

「しかし、俺かお前でないと……」

「まあ、見てるといい」

獣人達も、何か言っているが……。

「ゴガァァァ！！！」

目の前の化け物が、大きな口を開けて威嚇する。

「マルス様！　しっかりしてください！」

俺が俯《うつむ》いていると、リンが前に出ようとする。

「リン、退《ど》いて」

「へっ？」

「良いから」

「は、はい……」

俺はそいつを見上げ……。

「ウインドプレッシャー！」

「ゴガバカァ!?」

風の重圧により、奴の身体は潰れる。

「な、何という威力……マルス様、ここまでなんて……」

あっ——そういや、リンの前で実際に上級魔法を使うのは初めてだった。

「おおっ！　見たかっ！　ボスの力を！」

「「「ウォォォォ!!」」」

「皆の者！　見たかっ！　あの方についていけば間違いない！」

「「「おぉぉぉ——!!」」」

何やら、みんなが騒いでいるが、今の俺はそれどころじゃない。

「ふふふ、手に入れた」

実は俺、前世では鶏肉が一番好きだったんだよね！

二十一話

ふふふ～これで、鶏肉が食えるぞ～。

揚げて良し、煮て良し、焼いて良し、蒸して良し、と素晴らしい食材だ。

というのは、前世の俺はブラック企業に勤める三十五歳のおっさん。

優しいお値段、そのバリエーションの豊富さに、俺がどれだけ救われたか……。

さらに十代や二十代と違って、三十を過ぎてから、そのうまさに気づいた。

個人的には食べやすく、飽きがこない食材だと思っている。

さて、どんな風にして食べてやろうかな～。

「……さま！　マルス様！」

「うん？　どうしたの？」

隣にリンがいて、俺を揺さぶっている。

「どうしたの？　じゃないですよ。よだれ出てますよ？」

「はっ！　いけない！　ゲルバは無事!?」

「ええ、平気ですよ。いきなり放った時は驚きましたが、素晴らしいコントロールでしたからね」

視線の先には、きちんと無傷のゲルバがいる。

「ほっ、加減を間違えなくて良かったぁ」

つい興奮して、上級魔法を放ってしまったし……気をつけないとね。

その後は、一度帰還することにする。

途中でブルズも手に入ったし、木材も手に入った。

何より、早く帰らないとお昼ごはんに間に合わない。

「レオ！　君だけでブルズを二頭担いで先に行ってて！」

「しかし、オレがいないと獣人達が……」

「レオ、安心してくれ。俺が代わりを務めよう」

「ベア、お前なら安心だが……良いのか？」

「ああ、お前の言う通りだった。彼は信頼できる人物のようだ。我々すら恐れるあのトロールを前にして、恐れもせずに立ち向かい、犠牲が出ないように自らの手で倒した。その強さではなく、その心意気を気に入った」

どうしよう？　ただ鶏だァァァ！　って思って、魔法をぶっ放しただけなんだけど？

「そうかっ！　お前もわかってくれたかっ！　ハハッ！　良かったぜっ！　お前とは仲良くしたかったからな！」

「うむ。すまなかった。お前を一瞬でも裏切り者と思ったことを許してくれ」

「もちろんだっ！　ボスッ！」

「は、はい？」

ど、どうしよう!?　熱くてついていけない！

「こいつを、オレの代わりの指揮官にお願いします。その強さと実直さは保証しますぜ？」

「マルス様、私からも推薦します。実は彼、一度スカウトしたんですけど……断られてしまいまして」

なるほど、それでレオとの会話に繫《つな》がるのか。

「うん、わかった。二人が言うなら間違いないね。ベアだっけ？　よろしくね」

「うむ、よろしく頼む」

そして先にレオを帰し、ゆっくりと帰ることにする。

そのついでに、彼と話をすることにした。

「ベアは名前があるんだね？」

「うむ、俺は捕まる前に母に名付けられた。しかし、母と共に捕まってしまった。母は死に、俺は人族を憎んだ……故に、そこにいる炎狐族の女に誘われた時も断った」

「ベアさんはですね、レオと一緒の扱いを受けてましてて……仲が良かったそうです」

「なるほどね。ところで、リンは何故敬語？」

「一応、歳上ですからね。それに彼は熊族です……その強さは折り紙つきで、本来なら人族に捕まるような存在ではありません」

「そうなんだ……でも、獣人ってイマイチ年齢がわからないよね」

「人族はわかりやすいですよね。我々は奴隷なので、わかり辛いですが……それぞれの感覚では私が二十歳、彼が二十三歳、レオが十八歳、シロは十三歳、ラビは十歳です」

「ふむふむ……うん、覚えたよ」

熊族かぁ……王都にはいなかったし、珍しいんだろうな。

元々の個体数が少ないのかも。

それより気になるのは……アレだよね。

「ねえねえ、ハチミツは好き？」

「……何故、それを？　人族には、教えていないのに」

「ベアさん、マルス様は変わり者で、昔の文献とかも読んでましたから」

「そうそう。それで、場所とかわかったりする？」

「近くにあれば、身体が反応するはずだ」

よしっ！　さすが熊さんだっ！　これで、手に入るかも！

どこの世界でも、ハチミツは高級食材だ。

そして、栄養価もとても高い。

何より、様々な素材の味を引き出すことができる。

「じゃあ、今度一緒に探索に出てくれる？」

「……俺にもくれるのか？」

「うん、もちろん」

「わかった……楽しみにしてる」

ふふふ、良いこと続きだ！　鶏肉に続いてハチミツも手に入るかもしれない！

そして、木を運搬しつつ……無事に都市へと帰還する。

館の方に行くと……。

「おっ、始まってるね」

女性の方々が忙《せわ》しなく動いて、鍋をよそったり、皿に料理を盛っている。

「皆さん！　順番に並んで！」

「安心しろ！　マルス様は我々にもくださる！　だから落ち着いて食べろ！」

押し寄せる人々を、ヨルさんが……獣人達をレオが抑えている。

「……これが、お主のやり方か？」

「うん？　まあね、お腹が空いて辛いのは人も獣人も同じだから」

「俺は人族が憎い」

「うん、そうだと思う」

「だが、この先も同胞を巻き込むつもりもない」

「そう……」

「故に、ひとまずは我慢する。そして、俺もお主の力になる。それが、同胞を助けることになるのなら」

「そっか、ありがとね。うん、そのつもりだよ。じゃあ、よろしくね」

「ああ、こちらこそ頼む」

「テレレレッテテッテレー！」

「……なんだ？」

「ベアさん、無視して良いです。マルス様は変わった方ですから」

「そうか、何とかと何とかは紙一重というやつか」

誰がバカだよ！　まあ、良いけどさ。

その後は、俺達も一緒になって食事を取り……。

リンと並んで、人族と獣人族達が食べるのを眺める。

「うめぇ！　うめぇよぉ！」

「おいおい！　泣くなよっ！」

「お前だって！」

「な、泣いてねえし！」

とあるところでは、獣人達が泣きながら食べ……。

「母ちゃん！　僕、お腹いっぱい！」

「そうかい……よ、良かった……！」

「これで、俺達も生きていける……！」

貧しい格好をした人族が、身を寄せ合って食べている。

「なんか……いいね」

「ええ……寒いはずなのに、温かいです」

この冬の寒空の下、俺とリンも肩を寄せ合い、心も身体も温まるのだった。

二十二話

皆が昼食を終え、雇った人達が片付けをする中……。

身も心も温まった俺達も、頑張って仕事をすることにする。

「さあ！　皆さん！　どんどん運んでください！」

運んできた木を獣人が解体して、それを人族が加工していく。

「まずは、家がない方を優先的に！　人族だろうが獣人族だろうが関係なく！」

そう、今やってるのは家造りですねっ！

この寒空の下、家のない方々もいる。

掘っ建て小屋でも、ないよりはマシなはずだ。

本格的なものは、もっと材料と時間がある時に造ることにする。

ひとまずは、この冬を越せれば良い。

「マルス様もどうぞ！」

「おっ、ありがとね……ふぅ、あったまるね」

「えへへ、良かったです！　皆さんもどうぞ！」

シロは走り回り、作業している方々に温かい飲み物を配っている。

ちなみにラビは弓を覚えたいらしく、暇を見ては練習をしてる。

レオやベアは、その体格を使って木を運んでいる。

「マルス様」

「うん？　ヨルさん、どうしたの？」

「あちらに木が分けてありますが、何に使うのですか？」

「ふふふ、よく聞いてくれました！　では、行きましょう！」

「へっ？」

「ヨルさん、諦めてついていきましょう」

「は、はぁ……」

場所を変えて、ヨルさんの案内で俺は職人さん達を訪ねていた。

「それで、こうしたモノを作ってほしいんですけど……」

「なるほど……その周りにも……ですね」

「ええ、その場で作るのは難しいので、組み立てるというか……」

「それなら何とかなりますが……重たいですよ？」

「それに関しては問題ありません」

こうして、話はまとまった。

あとは、五日ほど待ってくれと言われたので待つだけだ。

その後は、ひとときの安らぎの時間を過ごす。

「ふぁ……良い湯だね」

「ああ……しかし、俺も入って良かったのか？」

「うん、今日から君も俺の仲間だからね」

あの後、ベアは正式に俺が買い取った。

なので、今日からここに住まわせるってわけだ。

今は親睦を深めてるところですね。

「ふん、人族の最高権力者である王族とは思えんな」

「まあ、変わり者で有名だからね」

「自分でいうか……クク、面白い奴だ。しかし、今更だが言葉遣いは丁寧にした方がいいか？」

「いや、好きにしてくれて良いよ。別にレオにだって、強制したわけじゃないから」

「そうか、それを聞いて安心した。では、そうさせてもらおう」

日が暮れる頃、いよいよアレである。

「シロ！　リン！　準備はいいかー!?」

「おっ、おー？」

「シロ、無理しないで良いですからね」

「いやいや、ここは大事です」

何せ、今からゲルバを解体するからです！

「マルス様も参加するんですか？」

「うん、今日は俺も作るのさ」

「うわぁ～！　嬉しいですっ！」

そっか……ラビは俺を起こしたり、色々手伝ったり……。

レオは狩り行ったり、都市の中で一緒に行動したりしてる。

でもシロとは、こうやって接することはなかったかも。

「よし！　じゃあ、作りますか！」

「はいっ！」

「仕方ありませんね、付き合いますよ」

「あれれー？　そう言いつつも、尻尾が揺れてますけど？」

「あっ！　ほんとです！」

「くっ……別にいいじゃないですか。私だって、楽しみなんですから」

ふふ～相変わらず、照れ屋さんのリンなのでした。

「さて、まずは解体できたね」

二メートルを超える身体なので、中々大変だったけど……。

「リンさん！　すごいです！」

「やっぱり、リンがいると早いね」

「ふふ、どうも」

刀を振り回して、あっという間に部位を切り分けてしまいました。

細かいところは、三人でやって……。

胸肉、モモ肉、手羽元、手羽先、肝系、ハツ系などに分ける。

「マルス様は、何を作るんですか？」

「ふふふ、よく聞いてくれました！　それは──唐揚げです！」

「……唐揚げですか？」

「……聞いたことないですね」

この世界にあるかどうかはわからないけど、少なくとも俺は見たことも食べたこともない。そもそも、ゲルバが貴重な魔獣らしいから、中々出回らないしね。

「別に簡単なものだよ。じゃあ、やっていこうか」

醬油、ニンニク、ごま油、みりんと酒を入れて……。

さらに隠し味に果汁を絞り、切り分けたモモ肉を漬け込む。

「その間に鍋に油を注いで……火にかける」

それにしても、調味料の類は揃ってるんだよね……。

粉物もあるし、野菜や穀物もある。

多分だけど、以前は文明とかも盛んだったのかもしれない。

それが獣人と人の仲が悪くなって、段々と衰退していったのかも。

魔獣や魔物に対応しきれずに、住む地域も狭まっていったりとか……。

「うーん……以前はどうやって生活してたんだろう？」

「マルス様？」

「ああ、ごめんね。どうしたの?」

「あの、残りの食材はどうしますか?」

「そうだね。悪いけど半分は俺がもらうよ。残りは、シロ達が好きに使ってくれていいよ」

「えっ!? マルス様が倒したのに、いいんですか!?」

「うん、もちろん」

「あっ、一人じゃ食べきる前に腐っちゃいますしね」

「うん？ ……ああ、その心配はないよ――フリーズ」

今日使わない部位を瞬間冷凍させる。

「へっ？」

「また、常識はずれなことを……」

「そうだ、すっかり忘れてた」

今は食材が足りない状態だから、保存とかは気にしなくて良かった。

でも、これからはそういったことも考えないと。

今は冬だから良いけど、夏になったら大変なことになるよね。

「うーん、これを扱える人も少ないから……教えるとしますか」

もしくは地下に保存室を設置したり、氷でできた貯蔵庫を作ったり……。

「リンさん、マルス様はずっと唸ってますよ？」

「ほっときましょう。きっと、そのうち慣れますから」

そんなことを考えてる間に……。

「うん、もう良いね……投入！」

漬け込んだ肉に粉をつけ、油の中に入れる！

ゴァァ!!　という懐かしき音が、俺の腹を刺激する。

「うわぁ……！　豪快ですねっ！」

「なるほど、こんな使い方もあるのですね」

この世界では揚げ物料理を食べたことがない。

どうしても、大量に作れる煮込みや、焼いたりすることが多いからかも。

前の世界でも、唐揚げを食べるようになったのも意外と最近だったりするしね。

「ふふ～これからは、色々作るからね」

「どこで、こんな知識を？」

「そこはほら、俺は文献を読んでいるし」

「はぁ……あのダラダラした時間も、無駄ではなかったんですね」

「……ひどくない？　いや、間違ってないけどさ」

そして、色がついたら完成だ！

「油をきって……良いや！　食べちゃお！」

本当なら時間を置くところを——カブリと噛み付く！

「っ～!!　これだよっ！　これっ！」

ニンニクと醤油の効いた肉の味！

揚げたことで凝縮された旨味！

サクサクという、何ものにも代えがたい食感！

「お、おいひいですっ！」

「これは……美味しいですね」

「ふふ、見たかね？　これが唐揚げなのさ」

でも、そうなってくると……マヨネーズも欲しいよね。

さて、まだまだスローライフへの道のりは遠そうだ。

だが俺は諦めないっ！　待っていろっ！

ちなみにパチパチという音に惹《ひ》かれて……。

レオやベア、ラビやマックスさんまで来て、終《しま》いにはヨルさんまでやってきた。

もう面倒なので、館にいる人や、街行く人を捕まえて……。

「カァー！　うめぇ！」

「酒に合うなっ！」

「こんなうまいもん食ったことねえよ！」

やはり、働く男達には好評のようだ。

「お母さん！　サクサクしてて美味しいねっ！」

「これ、作り方を教えてもらえるのかしら……？」

ウンウン、いくらでも教えますよ。
そして……結局、呑めや歌えやのお祭り騒ぎとなってしまった。
ほとんど使い切っちゃったけど……みんなが幸せなら良いよね。

幕間《まくあい》～マルス～

俺が領地に来てから、一週間が過ぎ……。

少しずつ、状況が変わってきた。

それを整理するために、ヨルさんとリンと話し合いをする。

そして、話を聞くためにマックスさんを呼んである。

「さて、リン。報告を」

「ええ、まずは獣人についてですね。マルス様が定期的に食料を調達してくれることで、みんなも少しずつ元気が出てまいりました。さらには奴隷に休憩を取らせることで、効率が上がることを雇い主が理解しました。そして、獣人はマルス様に大変感謝をしております。自分達にできることがあるなら、なんでも言ってほしいと」

「そっか、それなら良かった。うんうん、頑張った甲斐があったね。でも、まだまだだろうね。ヨルさん、雇い主から不満は？」

「今のところ、概ね好評かと。奴隷を厳しくしないといけないという固定観念が、少しずつ緩和してきているかと。マックス、どうだ？　俺には言えないことも、お前には言ってるかもしれない」

「はっ！　私の目から見ても、それほど不満はないかと！　しかし……」

マックスの視線が、俺に向けられる。

「良いよ、なんでも言って。別に俺の悪口を言ってても、それで罰したりしないから」

「い、いえ……」

この世界では王族は絶対的だ。

法律で制定こそされてないけど、みんな色々言い辛いだろうなぁ……。

誰か、窓口がいたら楽なんだけど……よし。

「マックスさん」

「は、はいっ！」

「君を実直な人柄と見込んで頼みがある」

レオとのやり取りや、ここ数日の様子を見ても、彼は悪い人じゃない。

少し融通がきかないけど……それでも、人間性は良いと思う。

「な、何《なん》なりとっ！」

「これは命令と思ってくれて良い。もし不満を言ってくる者がいたら、すぐに俺に伝えてほしい。我が名に誓って、それだけで罰するような真似はしないと約束しよう。もちろん、それを意図的に広めたり、扇動するようなら話は別だけど」

「マルス様……」

「マックス、マルス様を信じろ。この方は、理不尽な行いはしない」

再び、マックスさんの視線が向けられるので、しっかりと目を見て頷く。

「……はい。実は、冒険者達から不満が出てまして」

「うんうん、どういったことかな？」

「自分達の仕事を奪うのかと。戦士の冒険者達が、見張りの仕事が減ってると申しております。高位の魔法使い達や、主に上にいる者達が不満を抱えています。下位の冒険者を優遇したり、奴隷ばかりを優遇させているのではと」

「なるほどねぇ……」

こっちも既得権益か……自分達が今まで得ていたものを手放したくないと。

しかし、その気持ちはわかる。

彼等は兵士と違って、自分達で稼がないといけない。

彼等にだって生活がある……うん、それも一応考えているけどね。

「わかった。こっちの方でも、色々考えてみるね。悪いけど、それまでは不満を抑える役目をしてもらって良いかな？」

「はっ！　了解いたしました！」

「うん、ありがとね。ごめんね、嫌な役目を押し付けて」

「いえっ！　滅相もございません！」

「きちんと、手当は出すからね」

朝の会議が終わったら、ダラダラする。

「休憩って大事だよねっ！」

「マルス様？」

リンの冷たい視線を感じるが、今日の俺は一味違うのさっ！

「リン、まずは上の者が示さないと。だから、俺はこうしてソファーで横になっているわけだよ。こうすることによって、下も休んで良いと思うのさ。というわけで、これも俺の仕事のうち」

「ハイハイ、わかりましたから。そんなに言い訳がましく言わなくても。大体、貴方は昔からそんな感じでしたよ。私が出会った頃から、今までずっと」

俺の言葉を遮って、リンが早口でまくし立ててくる。

「まあね……でも、最近は頑張ってるよ？」

「ええ、もちろん理解してます。ご褒美でも要ります？」

「じゃあ、膝枕で」

最近、前世の記憶が馴染《なじ》んできたからか……。

昔からやってたことが、恥ずかしくなってきたなぁ〜。

「め、珍しいですね……ここ最近は、そういったことを言ってなかったのに」

「うーん、まあ……ほら、俺も思春期じゃない？　少し恥ずかしくなったんだよ」

「なるほど……そうですよね、マルス様も成人になったのですよね……」

リンは照れながら、なにやらしみじみとしている。

「それで、してくれるかな？」

「ええ、もちろんです」

俺はリンの太ももに頭を乗せ、引き締まった脚を堪能《たんのう》する。

「昔は脚も細かったのに、今では逞しいし」

「マルス様？」

「い、いや、悪口じゃないよ？　俺は気持ちよくて好きだし」

「そ、そうですか……なら、良いんです」

「どう？　リンも休めてる？」

俺の髪を撫《な》でつつ、リンが微笑《ほほえ》む。

「ええ、私は……貴方の側にいれば幸せですから」

「そっか、ありがとね。でも、無理はしないでね？　リンがいないと、俺は怠けちゃうよ？」

「ふふ、そうですね。では、しっかりと見張ってないとですね」

久々に、俺とリンは穏やかな時間を過ごすのだった。

……たまには良いよね？

二十四話

あれから三日……俺は惰眠をむさぼっていた。

もうここから出ない、いや一歩も動けない。

そう、これは正当な権利である。

何故なら……お布団の魅力からは誰も逃れられないからさっ！

「はいはい、わかりましたから。さっさと起きて、ごはんを食べてください」

「リンが冷たいよぉ〜。昔は、あんなに可愛かったのに。昔は、一人じゃ寂しいから一緒に寝てくれます？　とか言ってたのに」

「なっ——!?」

「そうなんですかぁ？」

「そうなんだよ、ラビ。それはそれは可愛らしくて——うひゃあ!?」

俺は布団を剝がされ、勢いよくベッドから転げ落ちる！

「何すんのさっ！　寒いじゃないかっ！」

「な、何はこっちのセリフですっ！　い、いつの話をしてるんですか!?」

「えっと、あれはたしか……」

「お、思い出さなくて良いですからっ！」

「えへへ～仲良しさんですね～」

二人でラビを見て……ほんわかする。

この子は奴隷だったのに、素直でとてもいい子なのだ。

臆病なところは相変わらずだけど、それはある意味利点だから良いしね。

ちなみに、この子の仕事は、俺のお世話係兼リンのお手伝いとなっている。

「ラビは、あんな大人になってはいけませんよ？」

「ラビは、あんな女性になってはいけないよ？」

「ふえっ!?　ど、どっちなのですか!?　くすん……」

「……やめましょう」

「……そうだね」

こうしてラビにより、平和は保たれたのだった。

仕方なく着替えて、朝食を食べる。

「ズズー……あぁ、あったまる。いよいよって感じだね」

十二月を過ぎ、いよいよ冬本番になってきた。

体感的には、十度を下回ってるかも。

こりゃ、布団から出たくないわけだよ。

「暖炉を置ける場所にも限りがありますし、どうしても廊下なんかは冷えますからね」

「でも、普通の家では問題ないもんね？」

「ええ、ここまでの広さはありませんから。暖炉が一個あればことは足ります」

「あとは湯たんぽとか、壁を厚くしたりって感じだよね。まあでも、これがあれば平気かなって思うけど」

オルクスの毛皮でできた服は、モフモフでとっても暖かい。

やっぱり、こいつを常備する必要があるか。

といっても、探すのも苦労するし、倒すのも大変だ。

「ええ、今は数が少ないので、来年までの課題となりますね。ひとまず、仮住まいの家はできましたし、冬を越すことは可能でしょう。最近は食事も取れているので、体力もついてきてますから」

先日から、魔法が多少使える冒険者パーティーと奴隷の獣人を使って探索を行っている。

今のところ順調で、ゴブリンやオーク、ブルズくらいなら狩れるようだ。

その食料を使って、みんなに昼ごはんを提供しているから、俺の手も空いた。

このおかげで洋服などを作る人にも材料が入るし、魔石を売る人にも材料が入る。

そして、それを買う人がいて、経済が活性化する。

「やっぱり、連携って大事だよね。魔法の威力が弱かったり、溜《た》め時間《じかん》が長かったりしても、頑丈な獣人が時間を稼いでさえくれれば、弱い敵ならどうにかなるし」

「ええ、その有用性を皆が感じて、少しずつ広まっていけば良いかと。いきなりは無理でしょうからね。それに、レオとマックスさんがよくやってくれてますよ」

「やっぱり、あの二人に任せて正解だったね」

お試しパーティーには、引き続きマックスとレオが補佐に入っている。

レオは獣人側を説得したり、人族からの無茶な命令を受けないようにしている。

彼には、俺が名前を与えているので、人族も無視はできない。

マックスさんは人族を説得しつつ、有用性を説くって感じだ。

いずれ、不満を感じている高位魔法使いや戦士達にも行ってもらう予定だ。

「ええ、あとはシロも頑張ってますよ」

「は、はいっ！」

「うん、これはいいね。ものすごくあったまるよ。というか、そんなにガチガチにならなくて良いから。もっとリラックスしてね」

「で、でも、僕みたいな獣人が……」

「はい、それは禁止。威張る必要はないけど、卑屈になることはないよ。現に、俺は助かってるから。これ、皆にも配ろうよ」

「あ、ありがとうございます！」

シロが用意したのは、赤い葉っぱのようなものからできた飲み物だ。

それを細かく刻んで、火で炙《あぶ》って、煮出したものを飲む。

色が赤いし、少し味もアレだけど、身体がポカポカ温かくなる。

漢方薬みたいな感じかな？

そんなわけで、ようやく落ち着いて自分の仕事ができます。

いよいよ完成したというので、それを設置します。

「そりゃー！」

「「「おお～!!」」」

はい！　お風呂ですっ！　これで寒さも防止できますねっ！

これが、以前職人さん達に頼んでいたものです。

無論、女性用と男性用の二つを用意してもらった。

俺は、獣人達の住み処の一角に、魔法で穴を開ける。

「じゃあ、力持ちの獣人の皆さん！　お願いします！」

「「「おう!!」」」

獅子族や熊族などの力持ちが、木でできたどでかい浴槽を運んでくる。

これらは、以前森から運んできたものを使っている。

「もっと、右です！　……そこで！」

ゆっくりとおろし……俺が開けた穴に収まる。

「では、隙間を埋めてください！」

「「「はいっ！」」」

兎族や、犬族、猫族などが石や砂を隙間に埋めていく。

「では、人族の皆さん！　お願いします！」

「「「へいっ！」」」

その周りを作業員の方が、元々作ってあったものを組み立てていく。

いわゆる、ある場所に一から建物を作るわけではなく、それぞれ部品となる物を先に作って、それを現地で組み立てるやり方だ。

そして……木造の風呂と、木造の建物の完成である。

「皆さん！　ご協力ありがとうございます！　このようにそれぞれ役割を担っていけば、生活は良くなるはずです！　仲良くしろとは言いません！　ただ、自分にできることで協力をしてください！」

「……どうする？」

「いや、でもよぉ……」

「俺は協力する。それで、家族が助かるなら」

「……そうだな、それさえできれば良いな」

「お前の言う通りかもな……よし、やるか」

よしよし、獣人族と人族の大人達も少しずつわかってきたかな？

「俺達は……誇り高き獅子族や勇敢な熊族だ」

「でも、腹一杯食べられるようになったぜ？」

「それは……そうだが」

「人間に従うのは嫌だが、それ以上に飢えるのは嫌だ」

「お前、それでも誇り高き……いや、飢えに勝る苦しみはないか」

ウンウン、扱い辛いと言われてる彼等も、折り合いがついてきたかな？

小さいタイプの獣人達は、割とすぐに馴染んでくれたんだけど。

その後女子用も作り、同じものを人族の住み処にも設置して……。

「それでは、水を入れます！」

手のひらから大量の水を放出し……。

「では、火属性の魔法使いの皆さん、お願いします！」

「「かしこまりました！」」

冷遇されていた彼らを使い、風呂を温める。

魔物や魔獣は基本的に森にいるので、火事を起こしてしまう火属性の魔法使いは冷遇されていた。

故に、日々魔石に火属性魔法を込めて、生計を立てていた。

これからは、これも彼等の仕事になる。

そして、待つこと数分……。

「では、お入りください！」

「「ウォォォォ——!!」」

あらかじめ、身体の汚れを落とした獣人達が飛び込んでいく！

「アァァ！」

「生き返る！」

「気持ちいいぜ！」

その様子を確認して、俺は扉から外に出る。

「マルス様！　ありがとうございます！」

「これで明日も頑張れます！」

「いえいえ、俺は大したことはしてないですよー。これは、皆さんが作ったものです」

そんな言葉を交わしつつ、領主の館へ歩いていく。

「そう……これで良いはず」

俺が魔法で何もかも解決すればいいってわけでもない。

もちろん、早急な対策が必要な場合は、俺がやることが多いと思うけど……。

俺が死んだ後も、しっかりと回るようにしておくことが大事だよね。

「ボス、お疲れ様っす」

「レオ、迎えに来てくれたの？」

「はい、姐さんに頼まれましたので」

「どう？　身体は？　無理してない？」

日々の鍛錬や、リンとの稽古、森に出て狩りの補佐……結構忙しくしちゃってる。

「いえ、問題はありません。むしろ……オレは楽しいです」

「そっか」

「オレは生まれた頃から奴隷でした。ですが、獅子族の本能は受け継いでいます。多分、こうして暮らしていたのだと……今、実感しているところかと」

「なら良かったよ。じゃあ、これからもビシバシ働いてもらうからね？」

「お任せください！　体力には自信があります！　ボスは体力がありませんから、代わりに動きます」

「おっ、言うね……リンの入れ知恵かな？」

「そ、そうです……その方がボスがやりやすいと……気を悪くしたっすかね？」

「いいや、それくらいでいいよ。レオ、頼りにしてるからね。あと、もっと気楽に接して良いからね」

そんな感じで穏やかに帰り道を歩きながら、俺は頭を巡らせる。

……さて、次は何をしようかな？

二十五話

翌朝、朝ごはんを食べた後……。

ダラダラしていた間に考えてたことを、実行することに決めた。

……別に、ただダラダラしてたわけじゃないんだよ？

これでも、色々と頑張ってるんだよ？

「というわけで、お許しください」

「はい？　誰に謝ってるんです？」

「そりゃ、もちろん領民の方々さ。ここんところ、家の中で色々とやってたからさ」

「そうですね……料理に、魔法の鍛錬、お風呂の改造……まあ、いいでしょう」

「とりあえず、一通りは満足したので……やるとしますか」

「ええ、では私の出番ですね」

リンを連れて、冒険者ギルドを訪ねる。

「お、おい、アレ……」

「ああ、例の領主だろ？」

「王族なのに、獣人を優遇してるとか……」

「また、俺らの仕事を奪いに来たのか……？」

うわぁ～明らかに警戒されてるね。

それにしても、男しかいないなぁ。

この世界でも、やっぱり男尊女卑的な考えはあるみたいだ。

女は家で働いて、戦いは男の仕事だみたいな。

もしくは、大人しく雑用か魔法を撃ってろみたいな……。

「警戒されてますね」

「まあ、仕方ないよ」

すると……奥から一人の男性が近づいてくる。

細くて神経質そうな人で、メガネをかけている。

多分、四十歳くらいかな？

「マルス様ですね？　何の御用でしょうか？」

「えっと……？」

「マルス様、ギルドマスターです」

「あっ、なるほど」

「申し遅れました、私がギルドマスターのエイスと申します。ご挨拶が遅れて、申し訳ありませんでした」

「ううん、気にしてないよ。それで、どうしたの？」

「そ、それは、こちらの台詞《せりふ》です。一体、何の御用で？」

「うーん……少し、話せるかな？」

「……ええ、ではこちらへ」

リンと共に、エイスさんの後をついていき……とある部屋に通される。

「まずはお座りください」

言われた通りに、エイスさんの対面のソファーに座る。

リンは、俺の後ろに控えている。

「そ、それでですね……」

なんかくたびれてるし、覇気のない人だなぁ。

まるで、前世で見たことある中間管理職の人みたい。

苦労ばっかりで、あまり得することがないポジションの人みたいだ。

「うん、俺達が来た理由だね。実は、冒険者達……正確には、ランクの高い人達から不満が出てるって聞いてね」

「え、ええ……申し訳ありません」

「いや、謝ることはないけど……」

なんか、調子狂うなぁ……俺が虐《いじ》めてるみたいになってるよぉ～。

「ま、マルス様は……冒険者達をどうするおつもりですか？」

「あっ、ごめんね。まずは、それからだったよね。別に彼らの仕事を失《な》くす気はないんだよ。初めに、それだけは言っておく」

「ほっ……そうですか」

いかんいかん、今の俺は穀潰しとはいえ王子なんだ。

偉いギルドマスターが怖がってしまうくらいには……。

どうしても、自分の庶民的な感覚が抜けないなぁ。

「コホン！　今日は、頼みがあって来ました。主に高位冒険者の方々に」

「それは、どのような？」

「簡単に言うと、覚えてほしい魔法があるんです。あと、戦闘訓練を受けてほしいですね」

「し、しかし……中々扱いにくい連中でして……腕は悪くないのですが、世渡りが下手といいますか、融通がきかないといいますか……王都や、その周辺で上手くいかなかった連中が集まっているのです。ゆえに、なまじプライドばかり高く……まあ、そんな感じです」

「なるほど、それで辺境でくさってるってわけですね。何で、自分がこんなところにとか考えつつも……惰性で生きていると。だから、適当に仕事して生きていると」

「仰《おっしゃ》る通《とお》りです。そして、私も……その一人です」

偉そうなこと言ってるけど、俺には彼等の気持ちがわかる。

前世の俺もそうだった。

仕事はできないのに、世渡りが上手い人が出世したり。

それでやる気を失くしてしまって、頑張ることを放棄していた——どうせ、意味なんかないと。

「ならば、やりようはありそうですね。ギルドマスター、協力していただけますか？」

「え、ええっ！　何でも仰ってください！」

「では、主要な人物達を訓練所の方に呼び出してください」

「わ、わかりました！　直ちに連絡をします！」

一度、領主の館に戻って昼食を済ませると……。

「マルス様！　冒険者ギルドから使いの人が来ましたっ！」

「おっ、そうか。偉いぞ、ラビ」

部屋に飛び込んできたラビの耳を優しく撫でる。

「ふにゃ～……」

「ふふふ、これがいいのかい？」

「はい、セクハラですね。ラビ、訴えましょう」

「やめてよっ!?　冤罪《えんざい》だよっ！」

「わ、わたしは……気持ちいいので」

「ほら、ラビもそう言ってるし」

「みんな、そう言わせるんですよ」

「いや、否定もできないけどさ！　……ははーん、仕方ないなぁ」

すっと近づき、リンの狐耳を優しく撫でる。

「ひゃん!?」

「ぐはっ!?」

その瞬間——俺は空を舞っていた……おそらく、掌底を受けて。

「あっ——もう！」

しかし、リンにお姫様抱っこで受け止められ……地面に激突は免れた。

えっ？　キュンとしちゃったんだけど？　これ、どんなマッチポンプなの？

さながらＤＶを受けた後に、優しくされたかのようだよ！

「イタタ……」

「い、いきなり触らないでください」

「ご、ごめんごめん……つい、昔の感じで」

「……今度は、前もって言ってくださいね」

「あ、あのぅ……待ってますよ？」

ラビの言葉で我に返り、俺達は急いでギルドに向かうのだった。

訓練所に到着すると、すでに冒険者達が集まっていた。

視線を感じつつも、俺は彼等の前に立ち……気合いを入れて声を出す。

「よく集まってくれましたっ！　俺はマルス！　この都市の領主を務めている者です！　今日は、皆さんにお願いがあって来ました！」

「な、何だ？」

「奴隷と仲良くしろとかいうのか？」

「俺達を、この都市から追い出す……？」

まずは、不安を払拭させないと……。

「魔法使いの皆さんには、俺と鍛錬を積んでもらいます！　そして戦士の方は、リンと稽古をしてもらいます！」

「お、俺達に何の得が？」

「何で、そんなことを？」

「理由は、後から説明します！　今の皆さんに言っても理解ができないと思うので！」

「な、なんだ!?　それは!?」

「そんな理由で納得しろと!?」

ですよねー、こうなりますよねー。

「もし俺が認めた者には報酬を支払います！　リンを倒せた者にも報酬を支払います！」

「……それなら、まあ」

「へっ、お坊ちゃんに思い知らせてやるか」

「あの獣人の女にもな……」

「そんなんで金がもらえるなら安いもんだぜ！」

しめしめ、まんまと乗ってきたね。

さあ、ここからが本番だ。

本当の意味で、彼等のやる気を起こさせないとね。

二十六話

さて……ひとまず、それぞれ離れて鍛錬開始です。

リンの方は、もう始めてるみたい。

「へへっ！　恨むなら主人を――グへェ!?」

「何してんだ！　相手はD級だぞ――ゴハッ!?」

迫りくる冒険者に少しも触れさせることなく、一撃でカウンターを決めていた。

「今はC級ですよ――さあ、次は誰ですか？」

うわぁ……楽しそう。

最近、ストレスが溜まってたんだろうなぁ。

書類仕事が得意とはいえ、本来の姿ではないわけだし……。

うん、丁度いいや。

リンのストレス解消のため、彼等に頑張ってもらおうっと。

えっ？　他力本願だって？　だって、俺じゃリンの相手にならないもん！

こちとら、ニート生活が長い肉体なんだよ？

よし、気を取り直して……。

「はーい！　魔法使いの皆さんには、最終的に俺の授業を受けてもらおうと思います！」

流石に、俺が王族だから不満の声は出ていない。

でもその顔は、いかにも不満タラタラって感じだ。

「ふむ……」

やはり、まずはわかりやすい方がいいかな。

特に、魔法使いにはプライドが高い人が多いし。

あと、ここ最近の実験を試すには絶好の機会だ。

「では、まずは好きに魔法を撃ってください！」

目の前にいる十数名に向けて、声を上げるが……。

「ど、どうする？」

「さっきはあんなこと言ったが……」

「撃った瞬間に不敬罪とかで捕まるんじゃ？」

「もしや、それが狙いか？」

めっちゃ、警戒されとる。

「無論、何があろうと罰することはないですっ！　はて……もしくは、自信がない？」

その瞬間——彼等の顔つきが変わる。

よしよし、えっと……嫌な人をイメージして……。

「まあ、こんな辺境で燻《くすぶ》ってる人達ですしぃ？　自信がないのも無理もないですかねぇ？　じゃあ、仕方がないので、才能もある若い冒険者に一から教えるとしますかねぇ？」

「お、俺は好きで燻ってるわけじゃない！」

「本当なら、こんなところにいるはずがないんだ！」

「くそっ！　俺はやる！　もう馬鹿にされるのは嫌だっ！」

そして、全員が顔を見合わせて……。

「燃やし貫け！　フレイムランス！」

「撃ち砕け！　ストーンキャノン！」

「切り裂け！　ウインドスラッシュ！」

「弾《はじ》き飛《と》ばせ！　ウォーターショット！」

……全員、威力制御共に申し分ない。

流石は、中堅以上の冒険者か。

「うん、実験にはもってこいだね――砂の城《サンドキャッスル》」

俺の前方に、文字通り砂の城が築かれる。

そして、魔法が当たるが……俺に届くことはない。

「なっ!?」

「なんだ!?　あの魔法は!?」

「我々の魔法を弾いたぞ!?」

「そんな馬鹿なっ！　どんな強度だっ!?　中級魔法だぞ!?」

ふむふむ、期待通りの結果か……やっぱり、複合魔法はないと。

俺が今やったのは、言葉にすれば実に簡単だ。

土の魔法に水を混ぜて、強度を増した壁を用意しただけだ。

多分、これは俺が前世の記憶があることと、魔力量が尋常じゃないからできるのだろう。

なんか、ようやくチートを実感したなぁ。

「あれ？　もうお終いかな？　ほらほら、もっと撃ってごらん？　今度は、何もしないからさ」

「マルス様！」

「リン！　くるんじゃない！　平気だからっ！」

心配そうなリンには悪いけど、これを試さないとね。

「「ク、クソオォォォ！」」

破れかぶれか、次々と魔法が撃ち出される！

イメージは魔力を纏《まと》う感じで——。

俺は両腕を顔の前で交差し……。

「ハァッ！」

声を上げた瞬間、魔法が次々と直撃する！

「お、おい!?」

「魔法でガードしなかったぞ!?」

「い、生きてるのか!?」

「……うん、問題なしかな？」

土煙の中、自分の身体を確認する。

「傷もなし、服に汚れもなし、痛みもなし……やっぱり、そうだったんだ」

俺の推測は正しかった。

「魔力を纏うことができれば、魔法には強くなれる」

ここ数日の間に、俺がずっと試していたことだ。

獣人の彼等は闘気を纏うと、物理攻撃が強くなるし、打たれ強くもなる。

しかし、その反面魔法には弱い。

だから、人族に支配されたのだろうと推測できる。

「俺は、その闘気に疑問を持った。じゃあ、魔力は？　と」

魔法を撃つだけじゃなく、それを纏うことができればと。

だって、獣人の彼等は纏っているんだから。

リンと実験して、俺が出した結論は……。

ゲームに例えるなら、俺は魔法防御力が高く、物理防御力が低い。

リンは物理防御力が高く、魔法防御力が低いって感じだ。

そして、土煙が消えると……。

「マルス様！」

「うひゃあ!?」

「け、怪我《けが》はありませんか!?　どこも痛くないですか!?」

「お、お、落ち着いて！　ねえってば！」

抱きつかれると、色々と当たるんですよねー！

なんか汗と体臭が混じった、良い匂いがするし！

「い、生きてる……」

「しかも、無傷で……」

「あれは、なんだ？」

やっぱり、みんな知らないのか……。

いや、疑問に思わないほどに獣人と人間の関係が歪になってしまったのかも。

まあ、この考察は後にしようっと。

「リン、いい加減放してくれる？」

「はっ――す、すみません！」

「ううん、心配してくれてありがとう。リンの方は……」

リンがいた方向に視線を向けると……、

「グハッ……っ、つえぇ」

「て、手も足も出ないとは……」

「俺等全員でかかったのに……」

うん、まさしく死《し》屍《し》累々《るいるい》って感じだね……死んでないけど。

「ふふ、完膚なきまで叩きのめしましたよ？」

「……うん、機嫌が良いようで何よりだよ」

「でも、ホネはありましたよ？　どうすれば、強くなれると聞いてきたので」

「なるほど、それなら問題ないね。あとはこっちだね」

リンから離れ、俺は魔法使い達に近づく。

「さて、実力の差はわかったかな？」

全員、黙ってコクコクと頷いている。

「君達に同じようにやれとは言わない。多分、難しいから。でも、それに近づけることはできる。王都にいる連中を、今まで馬鹿にしてきた相手を見返したくないか？　昔みたいに直向《ひたむ》きに、魔法を鍛錬してみないか？」

多分、彼らだって最初からこうだったわけじゃないと思う。

環境や状況、立場や年齢によって変容していった人もいるはず。

だったら、もう一度そのやる気を……。

「……お、俺はやる」

「……俺もだ」

「……や、やってやる！」

「「ウォォォ!!!」」

顔を見合わせて、全員が声を上げる。

よしよし、これで魔法部隊を作れるかも。

そして、前衛の戦士達も。

ふふふ……彼等には強くなってもらって……。

早いところ、俺の快適なスローライフに貢献してもらわないとね！

二十七話

翌日の朝早くから、早速鍛錬を始める。

そのために、俺達は敷地内《しきちない》の広場に人を集めたのだが……。

「さ、寒いよぉ〜」

「マ、マルス様っ！　どうぞ！」

「シロ、ありがとね……ふぅ、あったまる」

「では、私も……美味しいですね。シロ、よく働いているそうですね？」

「が、頑張ってますっ！」

「では、いよいよ戦いの鍛錬を始めるとしましょう」

「は、はいっ！　よろしくお願いします！　でも……リンさんみたいになれるかなぁ？」

「シロ、安心しなよ。リンだって、最初は俺よりも弱かったんだから。ガリガリで、戦いなんてできるような感じじゃなかったんだよ」

本当に力を入れたら折れるかと思ったし……。

多分、本来のリンのポテンシャルはこんなものじゃない。

最強と言われた炎狐族なんだから。

小さい頃から鍛えてたら、今頃は冒険者でもおかしくないって言われてたほどに。

「そ、そうなんですか？」

「違いますと言いたいところですが、概ね間違ってないですね。貴女は、まだまだ若いですから、これからいくらでも強くなれますよ」

「は、はいっ！　頑張りますねっ！」

「リンだって、まだまだ若いから平気だよ。今からでも強くなれると思うよ」

「マルス様……ふふ、ありがとうございます。では、ご期待に添わないとですね」

すると……。

「あ、あのぅ……俺達は、いつまでこうしていれば？」

「さ、寒い……」

「お、俺もアレ飲みてぇ……」

目の前には、集めた魔法使い達がいる。

薄着を指定したので、実に寒そうにしているが……。

別に彼らを虐めているわけではない。

「うん、そろそろ良いかな。さて、今日から鍛錬を始めたいと思います！」

「そ、それは良いんですが……」

「はい、まず貴方は？」

「えっと……冒険者ランクC級のヤンといいます。一応、この中では一番歳もランクも上ですので、話し合いでまとめ役になりました」

四十歳くらいかな？　くたびれた中年って感じだ。

でも前世の小説では、こういう人に隠れた才能があったりするし……。

ひとまず、やってみないとね。

「では、引き続き宜《よろ》しくお願いします。さすがに、全員を覚えていられないので」

「は、はぁ……」

「それでは、まずは質問に答えます。何でもどうぞ」

「えっと……何で、こんな朝早くに？　それに寒いのに何故屋外なのですか？」

「良い質問です！　皆さんには水魔法の一種である氷魔法を覚えてもらいます。そのためには寒い必要があったからです」

魔法をある程度使えるということは、それなりに裕福だということ。

なので、冬の時期にわざわざ外で鍛錬を積む奴なんかいない。

俺は、それが氷魔法を使えない人が多い原因と考えた。

だから、この朝早い一番寒い時間に人を集めたんだ。

暖かくなる前に、氷魔法を覚えてもらわないとだし。

「こ、氷魔法を……？　寒いといいのですか？」

「魔法とはイメージが大事です。寒い時にこそ、覚えやすいと推測しました」

「……そういえば、氷魔法を使える者は寒い地域から来た人が多かったような」

「へぇ？　良い情報だね。さあ、まずはこれを見て」

全員を一箇所に集め、紙を見せる。

そこには水と書かれた文字が大量にある。

「これは……？」

「ヤンさん、水は何でできていますか？」

「はい？　……どういうことですか？」

「では……水よ」

俺の手から、一滴の水が流れる。

「次に……水よ」

今度は、野球ボールほどの水が落ちる。

「どうかな？」

「どうって……あっ——水は水の集合でできてる？」

「はい、とりあえず正解です。水は一個一個に分かれていると思ってください」

「なるほど……ええ、何となくわかりました」

「そして、水とは氷点下を下回ると、分かれているのがくっつこうとする性質があります」

流石に水の分子とか説明してもわからないだろうし、上手く伝えるしかないよね。

「えっと……寒い時に、私達人間が集まって固まるような？」

「おっ、良いですね。そのイメージで良いかも」

どうやら、当たりかな。

この人は頭が柔らかそうで、俺よりよっぽど頭が良いかも。

「氷は水が寒さによって固まった物です。魔法を使う際に、冷たい水よりもっと冷たい水を……その水が固まるイメージをして、魔法を使ってみてください」

「……なるほど、ひとまず理解はできました。では、あちらで試してみます」

そう言い、他の人を引き連れ、端の方へ歩いていく。

「さて、リンの方は……うん、やってるね」

視線を向けると、模擬剣を持って稽古をしている。

「やぁ！」

シロが斬りかかるが……。

「遅いですね」

簡単に受け止めて、弾き飛ばす。

「わぁ!?」

「腰が引けてますよ。それでは、なにも斬れません」

「で、でも、怪我をしたら？」

「ほう？　私に当てられますか？　良いですよ、当てられるなら」

「むぅ……えいっ！」

……ふむ、懐かしい風景だ。

たしか、ライル兄さんと稽古をしてたっけ。

リンとライル兄さんは歳が近く、あんな感じでやってたなぁ。

「ライル兄さん……元気かな？　きっと、ロイス兄さんに怒鳴り込んでいるんだろうなぁ」

俺は次兄であるライル兄さんにも、よく可愛がってもらった。

一緒に風呂に入ってふざけたり、ベッドで取っ組み合いをしたり……。

当時は何も思わなかったけど、ものすごく楽しい時間だった。

兄弟というものを知らない俺からしたら、それは憧れそのものだったから。

それから、しばらく経つと……。

「す、すみません……魔力切れです」

ヤンさんの後ろには、口も開けないほどに疲弊した者達がいる。

まあ、そんなにすぐに上手くいくわけないよね。

「ううん、真面目にやってるのは見てたから」

「しかし、これでは……この後の仕事が」

「そこは安心して良いよ。きちんと賃金は払うからさ。あと、みんなこっちに来てもらえる？」

彼らを引き連れ……館と繋がっている、とある建物の前に案内する。

「はい、どうぞ」

「ここは……？」

「まあまあ、入ってよ」

俺が扉を開けて中に入ると……。

「う、うおおおお！」

「す、すげぇ!!」

「風呂だっ！」

そこは脱衣所に繋がっており、奥にはお風呂場がある。

俺が人を雇って増築をさせて、家の中と外からも入れる建物を造ってもらった。

と言っても、前世とは違って、あくまでも簡易的な木造の建物だけどね。

電気工事も給排水工事もいらない分、早く造れるのは良かったけど。

俺は蓋を開けて、中を熱で温める。

「さあ、自由に入って良いよ。ごはんも用意してあるから。あと、早く覚えたものにはボーナスもあるからね」

全員、ポカンとしたあと……。

「あ、ありがとうございます！」

「お、俺！　頑張ります！」

「俺もだっ！」

ふふふ、これぞ飴《あめ》と鞭《むち》ってやつだ。

やっぱり、きちんと真面目に仕事したら報酬を払わないとね。

一部の人を除いて、いきなりできる人なんていないんだから。

「そういや……前世でも、そうだったなぁ」

頭ごなしに、なんでできないんだ！　とか怒鳴ったり。

使えないから給料減らすとか……。

俺は彼等みたいにはならない。

できない人の気持ちは、前世の俺が誰よりも知っているからだ。

そして、翌日の朝……。

「で、できましたっ！　できましたよっ！」

「お、俺も！」

僅かにだけど、ヤンさんを含む数人が氷を出すことに成功する。

「くそっ！　俺だって！」

「おう！　やってやろうぜ！」

またできてない人もいるが、これなら時間の問題かも。

ふふ〜やっぱり、お風呂と食事が効いたかな？　あと、ボーナスも。

ウンウン——飴と鞭って大事だよねっ！

二十八話

その日の昼間、俺は自分の部屋で考え事をしていた。

「氷魔法ね……」

成功したけど……ヤンさん達数名を除いては、優秀な使い手にはなれないかも。

多分、プロセスが多いんだと思う。

魔力で水魔法を作り、そっから体内で氷をイメージして形成、魔力を注いで氷魔法として射出する……。

「それが難しいと言われる所以《ゆえん》なのかも」

幸い、俺にはそのプロセスが必要ない。

もちろん、原理を理解しているからだ。

だから魔力消費量も少ないし、威力も高いと。

「それがないから、宮廷魔道士並みの腕じゃないといけないのかも。ライラ姉さんとかは、簡単にやってたし。うーん……まあ、いいか」

生活魔法の一部として覚えてもらえれば良い。

夏は涼しくするためとか、食料を保存するために。

「マルス様？　先ほどから何を言っているのですか？」

「少し魔法について考えていてね。リンは、雷って知ってる？」

「ええ、神の怒りといわれるものですね」

俺は手に持っている青色の魔石を空中に放り投げ、再びキャッチする。

やっぱり、そういうイメージか。

この世界には電気という概念はない。

前世でも、昔はそう思われていたから無理もないことだよね。

「雷は氷魔法が使えれば、理論的には……」

「それ、トロールの魔石ですよね？」

途中で、俺の思考が途切れる。

まあ、良いや。

まだその段階ではないよね。

「うん？　ああ、俺が倒したからもらった魔石だね」

「何の魔法を入れるのですか？」

「うーん……とりあえず、中級魔法には耐えられるからなぁ」

冒険者ギルドが定めた魔物のランクは、そのまま魔石のランクだ。

トロールはC級、ゴブリンはG級、オークはFやE級といった形に。

魔法を使う上位種なども いるし、不死系や死霊系なども いるという。

あとは、基本的に魔物は二足歩行らしい。

「誰に持たせるかも重要ですよね。我々では使えないですし」

「獣人には魔力がないからね。ヨルさんかマックスさん……まあ、とりあえず保留しておくよ。それより、いつの間にかC級になってたんだね？」

「ええ、ここ最近の狩りのおかげですね。マルス様よりは低いですが」

「……はっ？　俺、最下位ランクなはずだけど？」

「おや？　……そうでしたね、結局冒険者の説明をしてませんでしたね。まあ、簡単に言うと……上級魔法を使えるマルス様はB級扱いとなります」

「……なにそれ？　えっ？　楽しいイベントは？」

こう、徐々に上がっていって……可愛い受付のお姉さんに『はいっ！　これで貴方もF級ですねっ！　おめでとうございます！』とか、少し強面《こわもて》だけど優しい人に『良いか？　こっからが本当のスタートだぜ』とか、嫌な奴に『あんまり調子に乗るんじゃねえぞ！』とか。

「イベントですか？　お祭りのことですかね？　一応暫定的なものなので、ギルドに行けば正式な手続きができますが……」

「いや……なんでもないよ。まあ、そのうちでいいや」

どうやら、俺は知らない間にB級相当になったらしい。

まあ、実際の強さ的にはどうかわからないけどね。

資格こそないけど、A級相当でもあるライラ姉さんがいれば、色々わかるとは思うけど。

まあいいか、これで受けられる依頼も報酬も増えるわけだし。

「それにしても魔石ねぇ……」

生活の一部になってるけど……それってどうなってんだろ？

だって女神は邪神を滅ぼしたいわけでしょ？　……よく考えると、変な話だよなぁ。

他にも、獣人と人の関係とか。

「マルス様？」

「ううん、何でもないよ。さあ、ごはんを作りに行こうか」

面倒なことは、後々考えるに限る。

まずは、快適なスローライフを目指し……。

今は——美味しいごはんの時間だっ！

「はいっ！　というわけで厨房《ちゅうぼう》にやってきましたっ！　シロ、頑張るぞー！」

「おぉー！」

「では、シロ。後を任せますね」

そう言い、リンは準備を進めに行った。

何故なら今日の夜は、宴を開くことになったからだ。

俺が来て、もうすぐ二週間……。

ようやく、少しずつだけど、前に進んできた。

そこで、ささやかだがお祝いの宴を開こうということになった。

あとは、この間の唐揚げイベントで食べられなかった人から苦情が来たのも理由だ。

「では、俺はシチューを作るね。シロは唐揚げをお願い」

「はいっ！　付け合わせも作りますねっ！」

横ではシロが手際よく調理を進めていく。

俺は器用ではないので、包丁で指を切らないように慎重に進める。

「さて、ここからだね」

まずは鍋に油を入れ、塩胡椒した骨つきの鶏肉をソテーする。

この骨の太さがあれば、煮込んでも平気だろう。

見たところ、細かい骨はないみたいだし。

やっぱり、前の世界の鶏とは違うよね。

「ふふふ、やっぱりシチューといえばこれだよね」

ある程度火が通ったら、一度別皿に移す。

次に、鍋に玉ねぎや人参などの野菜を入れ、バターで炒《いた》めていく。

うーん……悪くないけど、やっぱり馬乳ではなくて牛乳が欲しいよなぁ。

オルクスを飼育できれば良いんだけど……あと、卵も安定供給したいし……ゲルバみたいな卵を産みそうな魔獣も飼い慣らしたいなぁ……やることが山積みだ。

「そしたら、小麦粉を加えて炒めて……」

たまに冒険者達が卵を見つけて持ってくるが、それでも貴重品だ。

なんとかして、これもどうにかしたい……親子丼のためにっ！

「これ、なんで小麦粉を入れてるんですか？」

「そっか、いつもは入れてないんだ。道理でとろみが足りないわけだ。こうすると、とろっとして美味しいんだよ」

「へぇ～！　マルス様は物知りですねっ！」

「いやいや、先人の知恵ってやつさ……さて、乳を入れて香草も入れてと……これで煮込めば完成だね」

この工程を他の人にも教えて、それぞれの寸胴で作ってもらう。

もちろん、灰汁《あく》取りもお任せしてある。

俺はその間に、領主の館の前に魔法によって即席のテーブルと椅子を用意する。

「マルス様、こっちにもお願いします」

「ボス！　こっちもだぜ！」

「マルス様！　こっちもですよぉ～！」

「主人よ、こちらにもだ」

「ちょっと!?　俺は便利屋じゃないよっ！　一応、領主なんだけど!?」

俺は忙しなく動いて、指定の場所にテーブルと椅子を用意する。

くそ～！　流石にテーブルと椅子の数が多いから、俺以外には無理だし！

あれ？　早く、優秀な魔法使いを揃えないと……俺はゆっくりできない!?

そして……全ての準備が整った。

「はいっ！　皆さん！　今日は集まってくれてありがとうございます！　ここのところ、皆さんには慣れない生活を押し付けてしまい申し訳ありませんでした！　ですが、その有用性は少しですが理解していただけたかと思います！」

俺の言葉に、一部の人間が頷く。

やっぱりまだまだだけど、これからも続ければ……いつの日かね。

「そしてささやかですが、お料理を用意しましたっ！　細かいことは抜きにして――どうぞ召し上がれ！」

「「「ウォォォォ――!!!」」」

それぞれが、配られた食事を口にする。

「う、うめぇ！」

「なんだ!?　これ!?　いつもと違うぜ！」

ふふ～、クリームシチューの違いに気づいたようだね。

骨ごと煮込むと味が出るし、とろみをつけたことでその味もまとまる。

味が一体化すれば、美味しくなるのは当然だ。

「これはサクサクでうめえし……あの人は何者だっ!?」

ふふふ、やはり唐揚げの魅力には誰にも抗《あらが》えないようだね！

そんな中、俺は器を持って少し離れた場所に座る。

「どれ……あぁーうまっ……とろっとして美味しいし、肉が口の中で溶ける……」

骨から取った鶏の旨味も感じるし、雑味もなく深みを増した。

まあ、この辺りは煮込み時間次第かね。

ただ、隠し味的なものが欲しいよなぁ……たしか、ハチミツって合うよね？

すると……ついてきたのか、横にリンが座ってくる。

「マルス様、それも美味しいですが……やっぱりこれ美味しいですね」

どうやら、リンは唐揚げが気に入ったようだ。

両手で持って、ひたすらサクサクサクと食べている……少し可愛い。

「さて、みんなはどうかな？」

「特に、今のところ報告はありません。つまり、悪くはないということです」

何か諍《いさか》いがあれば、すぐに連絡がくるように徹底している。

つまりは、そういうことだと思って良いかも。

「そっか……じゃあ、少しはマシになったってことで良いかな？」

「ええ、そう言っても良いかと」

……明日で二週間か。

これからも快適なスローライフのために頑張ろっと！

……あれ？　なんか矛盾している気がする。

二十九話

領地に来て二週間が過ぎて、少しずつ状況も変わってきた。

俺も少しだけ休む時間も増え、英気を養うことができたり……。

というわけで……次は何をしようかなぁ～。

「家やお風呂を作ったでしょー。狩りに行くパーティーも組んだし、それによって食事事情も改善されてきたよね。下位の冒険者達の仕事も増やしたし、高位冒険者達の意識もマシになってきたかな？」

「でも、まだまだ不満は残ってますよ。見張りの仕事が、いよいよ減ってきたそうです」

ここ数日になって、奴隷商人達もやっと気づいたらしい。

見張りは必要だけど、必要以上にはいらないってことを。

奴隷だってきちんとした生活が送れれば、それでも良いって人はいっぱいいる。

そして浮いたお金を、奴隷達の賃金の上昇に使ってくれと言っておいた。

そうすればいずれ、解放されたい人は自分の力で成し遂げることもできるだろう。

「そっか、それもあったね。うーん、そろそろ開拓を進めるべきかなぁ」

「そうなると、相当大掛かりになりますね。人を雇っての森を切り開き、建物を建てて拠点を構え、物資の輸送経路の確保……やることが山積みになりますね」

「もちろん、すぐには無理だろうけどね。まあ、最初の段階は俺の魔法でどうにかするよ。最近、制御にも慣れてきたしね」

あまりの忙しさに振り回されそうになったけど、ようやく落ち着いてきた。

ここ数日間に時間ができたから、その調整に時間を費やしてたし。

まあ……興奮すると、間違えそうになるけど。

「そうですね、働いてもらいましょう」

「……言うんじゃなかった」

「ふふ、もう遅いですよ？」

「はぁ……仕方ないか。これも、俺が気兼ねなくスローライフを送るためだ」

もう、俺一人ならグータラすることは可能だ。

でも、俺の神経はそこまで図太くない。

何せ、前世の記憶が蘇った今、俺の感覚は小市民だ。

流石に死にそうになっている人達を尻目に、一人だけダラダラすることはできない。

「では、何から始めましょうか？」

「ハチミツかな」

「……はっ？」

「こ、怖い顔しないでよ。コホン！　これには重大な理由があるんです」

「へぇ？　聞かせてもらいましょう」

「ハチミツにはね、色々な栄養が豊富に含まれてるんだ。身体の調子や、肌の具合なんかも良くなるしね。女性の美容にも良いんだよ」

「へぇ、そうなんですか。す、少し気になりますね」

ふふ、リンもやはり女の子だね。

尻尾がフリフリしてるのを隠しきれてませんよ？

「でしょ？　色々な料理にも使えるし、集めた方が良いと思うんだ。何よりハチミツを溶かした飲み物とかは、身体をよく温めるんだよ。これから寒くなるし、絶対に必要だと思う」

「なるほど、それならば許可しましょう」

ふふ〜何より、ハチミツがあれば色々できるぞ〜。

肉を柔らかく仕上げることもできるし、砂糖の代わりにもなる。

何より、フレンチトースト……っ！　それだっ！

「牛乳がないっ！」

「へっ？　……乳のことですか？」

「うん！　そうだよっ！」

「えっと……どういう意味ですか？　ホルスの乳ならありますが……」

「あれも不味くはないんだけどねぇ……オルクスの乳が欲しいんだ」

前世を思い出した今、馬乳より慣れ親しんだあの味が良い。

いや、元の味と一緒かはわからないけどね。

「オルクスからですか……至難の業ですね」

「やっぱり、そうだよねぇ～まあ、一応考えはあるからさ」

「そうなんですか……まあ、マルス様にお任せしますよ」

まあ、ひとまず置いといて……まずは行きます！

というわけで……。

「ベア～!!」

「むっ？」

「ボス？」

庭で組手をしているベアとレオの元に行く。

「さあ！　行こう！　今すぐ行こう！」

「マルス様、落ち着いてください。二人が戸惑ってますから」

「おっといけない。ベア、君の出番だよ。早速、ハチミツを探しに行こう」

「なに？　……ああ！　もちろんだっ！」

「おお……！　ベアが声を荒らげるところなんか初めて見たぞ」

ベアとレオ、ラビとリンを連れて、森の探索に出かける。

シロは、俺達の昼飯を作って待ってるそうだ。

「では、行くとしますか」

レオとベアの間に、ラビが挟まれる。

その姿からは、どう見ても捕食される未来しか見えないが……実際には。

「よ、よろしくお願いしましゅ！」

「おう！　任せとけ！　お前は匂いや音に専念しな！」

「ああ、守りは任せると良い。ハチミツの香りだけは俺が探っておこう」

「は、はいっ！」

といった感じで、なんとも微笑ましい光景である。

「ふふ、これでマルス様の守りに専念できますね」

リンは余裕もあって、何やら嬉しそうな様子だ。

そっか……二人前衛ができたことで、リンの負担が減ったのか。

「リン、頼りにしてるからね？」

「ええ、お任せを。貴方を守ることが、本来の私の役目ですから」

……うん、本当に楽だね。

ゴブリンやオーク程度では、相手にならないね。

「オラァ！」

「ふんっ！」

それぞれ徒手空拳のみで、敵を一撃で仕留めていく。

「これが、本来の姿か……獅子族や熊族の」

「ええ、単純な力では最強の一角ですね。もちろん、一対一の戦いなら、私が負けることはありませんが」

そして、ある程度進んでいくと……ラビの耳がピクピク動く。

「あれ？　……何か羽音がするかも……あとガサガサって音が」

「何？　ちょっと待ってくれ……これは……主人よ、近いぞ」

「えっ？　まさか……」

「ああ、こっちだ」

大人しくベアの後をついていくが……。

「マルス様、止まってください……！」

「どうしたの……うげぇ、気持ち悪い」

「数が多いな……」

「姐さん、どうしやす？」

「アントの大群ですか……」

ガサガサの正体はこれってことか。

まさしく、アリの大群って感じだな……一匹の大きさは桁違いだけど。

三十センチくらいある上に、一列に並んで行軍している。

あの数に襲われたら……考えたくもないなぁ。

「マルス様、迂回します。強さはそれほどでもないですが、一匹を殺すと全員で襲いかかってきます。何より、食材にはならないですし」

「ねえねえ、奴等は食材になる魔獣を食べちゃうのかな？」

「ええ、そうです。小さい魔獣や、場合によってはブルズも」

前世でもアリは害虫ってわけじゃないけど、場合によっては駆除対象だ。

何より貴重な食材を食べてしまうなら……。

「ベア、この先にあるんだね？」

「ああ、間違いない」

「みんな、少し離れて」

「私は離れません」

「強情だなぁ……わかった。じゃあ、三人は下がって」

三人が下がったのを確認して……。

「ギギギ！」

「キギ！」

「キキキ！」

草むらから、アントが俺の目の前を通るのを待ち……。

「俺はハチミツが欲しいんだァァァ《アースニードル》！」

ズガガガと地面から槍が飛び出し、アントを串刺しにしていく！

「恐ろしい威力ですね」

「ふふふ、俺のスローライフを邪魔するものは排除します」

「なんと……」

「ハハッ！　ボスはすごいぜっ！」

「うわぁ～あんなにいたのに、一匹もいなくなっちゃった」

「さあ、ベア。ハチミツはどこだい？」

「あ、ああ……頼り甲斐になる主人だな」

その後、さらに進んでいくと……ラビの言う通り羽音が聞こえてくる。

「あれだ」

「なんか、でっかい蜂がいるけど？　ていうか……でかい」

視線の先には、どでかい蜂の巣があり……。

その周りを、手のひらサイズの蜂が飛び回っている。

どうやら、簡単には手に入らなそうだ。

三十話

さて、どうしよう？

運動会の、大玉転がしに使うくらいの大きさの巣があって……。

その周りを、黒くて大きな蜂と白い蜂がブンブンしてるんですけど？

なにあれ？　めっちゃ怖いんだけど？

「エイトビーの大群ですか……あの数は厄介ですね」

「ねえ、あれってどうやって取るの？　やっぱり、あいつらをどうにかしないとだよね？」

「ああ、そうだ。しかしタイミングが悪いな……ちょうど餌を取ってきて、それを幼虫や女王に与えてるようだ。守りの者と餌を集める奴が一緒にいる」

「色が違うよね？」

「たしか……黒が守り担当で気性が荒く、白が餌を持ってくる担当で……何もしなければ穏やかな性質だと聞いたような……すまん、俺も久々でな」

「女王蜂は？」

「クインビーなら、巣の中で交尾しているな」

ふんふん、その辺りは変わらないと。

「ただ、キングがいないな」

「はい？　キング？」

「ああ。オスの中に一匹だけ繁殖もせずに生きる個体をキングビーという。そいつは群れに近づく大型の魔獣や魔物から巣を守っている。なので、その大きさは一メートル近い……幸い、今はいないようだな」

ふーん、地球とは違うのかぁ。

あっちでは、オスは交尾するから中から出ないし。

ふむ、他の魔獣から守るために進化したってことかな。

しかも冬なのに元気だし……そもそも、あれは何のハチ？

蜜があるってことは蜜蜂？　うーん、よくわからん。

「オレ、あいつら素早いから苦手なんだよな」

「レオも経験あるの？」

「一度だけ狩りに連れていかれた時に……囮にされたので」

「そっか……今回は、みんなでやろう。力を貸してくれるかい？」

「ボス……うすっ！」

そういや、ラビが静かだな……と思ったら、プルプルしてるや。

「ラビ、平気？」

「わ、わたし、初めて見ました」

「ラビは前に出ちゃダメだからね？」

「で、でも、役にたってません……戦えないし、マルス様のお世話だって失敗してばかりで……くすん」

あらあら……まあ、たしかに。

起こす時に転んで、俺にボディプレスをかましたことはあるけど。

あとは、物を割っちゃったり……でも、まだ十歳の女の子だもんね。

「十分に役に立ってるから。大丈夫、少しずつできるようになれば良いよ」

「マルス様……えへへ、ありがとうございます」

「そうですよ、ラビ。マルス様なんか、最近まで何もできなかったんですから」

「どうしよう、否定材料がない」

「ふふ、さて……マルス様、さっきみたいにはいかないですよ？」

「ん？　どうして？」

魔法でドバーン！　ってやるつもりだったけど……この場合は風魔法かな？

「安定して手に入れたいなら、殺してはダメです。中々珍しい魔獣でもありますし、ベアさんがいるとはいえ、そうそう見つかるものでもないですし」

「うむ……今回は、ラビの耳のお陰で見つかったがな」

「えへへ〜お役に立てて良かったです」

ラビはベアに撫でられ、ご機嫌の様子だ……実に微笑ましい光景である。

多分、俺とラビの会話を聞いての行動なんだろうね〜中々気遣いができる人のようだ。

「なるほどね……上手く殺さずに済めば、別のところで新しい巣を作るってことか」

「ええ、そういうことです」

殺さずに無力化ねぇ……養蜂とかしたいけど、あんなん怖すぎるわ。

食べてみたい気もするけど、今はハチミツ優先だし。

さて……この世界の魔法には、睡眠とか麻痺《まひ》っていう便利なものはない。

蜂の弱点か〜もし前世と同じなら……やりようはあるよね。

「ベアは、他にも何か知ってる？」

「うむ、多少はな。母から聞いている」

「弱点ってあるの？」

「弱点……いや、待て。生前の母は、雨の日に取ると良いと言っていたはず」

「ふむふむ、それならどうにかなりそうだね」

「何か作戦でも？」

「うん。リンが一番素早いよね？」

「ええ、もちろんです。一番強いのも私ですが」

「相変わらず、頼もしいことで。じゃあ、俺が奴等の動きを封じるから、アレを斬ってくれる？」

「落とすと？　そんなことしたら、中から飛び出してきますよ？」

「そいつらも、俺がどうにかするよ」

「まあ、マルス様を信じるのも私の仕事ですね。では、どうぞ」

「ありがとう、リン。みんな、すぐにでも逃げられるようにしておいてね」

三人が頷くのを確認して……。

「降り注げ——滝の雨《ウォーターフォール》」

俺の決めた範囲内を、豪雨が降り注ぐ！

まさしく、集中豪雨のように。

その効果はてきめんで、エイトビー達の動きが鈍っていく。

直接巣には当てないように、殺さないように……このくらいの威力でいいかな？

「……よし！　今のうちに！」

「もう！　私だって痛いですよっ！」

「大丈夫！　道は作るから！」

「わかってます——行きます！」

豪雨の中の隙間を走り、リンが巣に近づき……。

「シッ！」

目に追えない速さで、抜刀すると……木にぶら下がっている巣が落ちる。

「チチチ！」

「チィー！」

中から、エイトビーが飛び出してくるが……すぐに俺の魔法で身動きが取れなくなる。

「リン！　一瞬だけ魔法を止める！　すぐに投げて！」

「くっ！　レオ！　受け取りなさい！」

「へいっ！」

リンが投げた巣を、レオが受け取ると……中からエイトビーが現れる。

「そうなるよね！　水鉄砲《ウォーターショット》」

「チチチ！」

「チチッ!?」

巣から出てきた奴を、低威力の魔法で弱らせる。

「よし！」

特訓の成果だねっ！　大分、威力調整にも慣れてきたっ！

「レオ！　君は気にせずに走って！　出てきたら俺が撃ち落とす！」

「おう！」

「ベアはラビを！」

「うむっ！」

レオは両手で巣を持ち上げて走り、ベアはラビを抱っこして走り出す！

俺は時間を稼ぐために、飛び出してくる個体を撃ち落としていく。

「水の散弾《ウォーターショットガン》」

「では、私がマルス様を」

戻ってきたリンは、俺を抱っこして走る体勢になる。

その後ろからは……。

「チチチー！」

「チチッ!!」

俺の魔法から復活した個体が、明らかに怒り狂っている。

「リン！」

「わかってます――しっかり摑《つか》まってくださいねっ！」

「うひゃあ!?」

身体にGがかかり、ジェットコースターに乗っているかのような感覚に襲われる！

そして、あっという間にレオに追いつく！

「姐さん!?　速すぎですって！」

「レオ！　モタモタするな！　後ろから来てるぞ！」

「チチチー！」

「うげぇ!?　これ、重たいんすよ！」

「レオ！　いくよ――アースウォール！」

リンに前向き抱っこされてる俺は、レオの後ろに土の壁を出現させる！

「キキッ!?」

奴等はそれにぶつかり、おそらく地面に落ちた。

少し死んでしまうかもしれないけど、レオの安全が優先だよね。

「今のうちに！」

「ボスっ！　俺を見捨てずに……ウォォォォ――――!!」

「リン！　殿《しんがり》を務めるよ！」

「はいはい、仕方ありませんね」

そして……何とか逃げ切ることに成功する。

「あぁ――！　怖かったっ！」

「め、目が回りますぅ～」

「ははっ！　ビビったぜ！」

「うむ、久々の感覚だ」

「どうやら、無事に逃げ切れましたね」

ふふふ、これで――ハチミツゲットだぜ！

思わず、頭の中で某ポケモ〇マスターと相棒が浮かぶ。

「ピッ、〇カチュー！」

「……えっと？」

「ボス？」

「何だ？」

「ほっときましょう、ただの病気です」

仕方ないじゃないかっ！　こちとら元アラフォーなんだからっ！

ご機嫌になった俺は、意気揚々と都市へと帰還するのだった。

三十一話

ふふ、マルス様は喜んでくれるかしら？

お父様を急《せ》かして、少し早めに出ることができましたし。

もうすぐ、マルス様がいる辺境都市バーバラに到着しますわっ！

「お父様！　まだかしら!?」

「おいおい、そんなに慌てるんじゃない。淑女たるもの、いついかなる時もお淑《しと》やかにだ」

「ご、ごめんなさい」

「まあ、オーレン。大目に見てやれ」

「これは、ライル様。しかしですな……」

「俺だって楽しみで仕方がないんだ。婚約者のシルク嬢がはしゃぐのも無理はない」

「ふむ……シルク、ほどほどにな」

「は、はいっ。ライル様、ありがとうございます」

「いいってことよ。俺にとっても、シルク嬢は可愛い妹分だからよ。何より、ゼノスの奴にも頼まれてるしな」

ライル様も、私を妹のように可愛がってくださいます。

きっと、親友であるお兄様と仲が良いことも理由なのでしょう。

今回も、こうして護衛としてついてきてくださいましたし。

……もちろん、マルス様の視察のついでにですけど。

そして……ようやく到着します。

ライル様が馬車から下りて、兵士さんに近づきます。

「ここは、辺境都市バーバラ……王家の紋章!?」

「おう、王族のライルだ。通って良いか？」

「も、もちろんですっ！　誰か！　ヨル殿にお伝えしろ！」

「さて、どうすれば良い？」

「で、では、領主の館までご案内いたしますので、先導させていただきます」

「ああ、頼む。お前の名は？」

「マ、マックスと申します！」

「わかった、よろしく頼む」

マックスと名乗る方に先導され、馬車のまま街を進んでいきます。

そして馬車の中から、景色を眺めていると……。

「むっ？」

「お父様？」

「……獣人の顔つきが違う気がする」

「ほ、ほんとですわ……」

道を行く獣人は背筋が伸びて、しっかり前を向いています。

普通なら猫背で、覇気のない姿なのですけど……。

「ほれ、休憩時間だ。飯も用意してある」

「あ、ありがとうございます！」

「べ、別に良い。その代わり、しっかり働いてくれよ？」

「はいっ！」

その後見る光景も、王都ではあり得ない光景でした。

「ほう？　奴隷の扱いが上手いな。そう、本来はそうするべきなのだ」

「お父様も、近いことをなさってますものね？」

「まあな……しかし、中々難しい。特権階級の者が、利権を手放そうとしないからな。私が侯爵とはいえ、何でもかんでも好きにできるわけではない。それに長年にわたるモノを変えるのは困難だ」

「ええ、わかってますわ」

その後も……。

「そもそも、辺境の割には活気があるな……屋台なども出ている。食糧難なはずなのだが……」

「それに、皆の顔色も良いですわ。何より……笑顔です」

「ああ、そうだ。こんな場所にいるのに、人族も獣人族も笑顔の者が多い」

「子供達も、元気に走り回って……お、お父様！」

「こら、そんなに前に乗り出すんじゃ……なに？」

その公園では、獣人の子供と人族の子供が遊んでいました。

それも、対等に近い形で……。

さらに進んでいくと……。

「これはどっちだ!?」

「こっちに頼む！　いや、一緒にやる！」

「た、助かる」

「なに、気にするな。またマルス様に怒られちまうよ」

人族と獣人族が協力し合って、荷物を運んだり、何やら作業を行っています。

何より、今……マルス様の名前が。

「……これをマルス様が？」

「そ、そうですわよっ！　きっと！」

「ふむ……」

きっと、マルス様が何かをしたに違いないわっ！

しかし、お父様は黙り込んでしまい、何やら考え事をしております。

そして、大きな館の前で馬車が停車すると……。

すぐに足音が聞こえて、男性の方が走ってきます。

「ゼエ、ゼエ……お待たせしました」

「お前が、ここの責任者か？」

「はい、私が兵士を統括しておりますヨルと申します」

「ほう？　平民上がりか？」

「ええ、そうです。この僻地には、貴族様は好んで来られませんので」

「なるほどねぇ、マルスが来た時に変わらなかったのか？　一応、文官やら何やらを引き下げたはずなんだが……」

「マルス様は有り難いことに、私を引き続き任命してくださいました」

「ほう？　いやすまん、他意はないんだ。マルスが認めたなら、人柄に問題はないのだろうよ。ところで、肝心のマルスは？」

「ただいま、魔の森の中に行っていまして……」

「なに!?　あんな危険なところにか!?　お前は何をしている!?」

「い、いえっ！　これはマルス様が……」

「えっ!?　マルス様が危険な場所に!?」

いてもたってもいられず、私は馬車から飛び降ります！

「ど、どういうことですの!?」

「えっと……貴女様は？」

「こ、婚約者のシルクと申します！　そ、それで、マルス様は!?」

「しょ、食材を確保するため、リン殿達と狩りに行ってまして……」

「なるほど、リンがついてるなら心配ねえか」

「そ、それでも、怪我でもしてたら大変ですわ！」

「それもそうだな。シルク嬢、俺についてこい」

「はいっ！　私が癒しの力で治して差し上げます！」

「ちょっ!?　ま、待ってください！」

その方の制止を振り切り、私とライル様は迂回して森の方へ向かいます。

すると……森の方から音が聞こえてきます。

「おっ！　あれは……マルスじゃねえか！」

「マ、マルス様！　よ、良かった……ご無事で」

すぐに、森からマルス様とリンの姿が見えてきました。

「あ、あれ!?　ライル兄さん!?　シルクまで!?」

「これは驚きましたね。予想より早かったです」

その後ろからは、大きな物を担いだ獣人達も現れますが……。

マルス様が何か言うと、先に都市の方へと歩いていきました。

「おう、無事だったか。いや、視察ついでにシルク嬢の護衛で来たぜ」

「ちょっと!?　頭をワシワシしないで!?」

「ははっ！　可愛い弟に会ったんだ、良いじゃねえか。それにしても、よくやったな！　街の様子を見てきたぜ！　まったく、何をしたんだ？」

「はは……まあ、あとで話すよ」

「ライル様、相変わらずですね。そしてシルク様、お待ちしておりました」

「ああ、リンもご苦労だったな。お前がいれば、弱いマルスでも安心だな」

「……それに関しては、後ほど」

ど、どうしましょう!?

な、何か言わないと……言いたいことがいっぱいあったのに……どうしておいていったのとか……私のこと嫌いになったのとか……。

「やあ、シルク。こんな遠くまでご苦労様」

「マ、マルス様……め、迷惑でしたか？」

「へっ？」

「マルス様、その言い方は良くないですよ？　取りようによっては、拒絶の言葉になってしまいますから」

私は怖くて言葉も出ずに、コクコクと頷くことしかできません。

「あっ、そうか。シルク――」

「マルス様！　何か来ます！」

次の瞬間――森から大きなエイトビーが現れました。

「チッ！　なんでこんなところに!?　マルス！　俺がやる！」

「いえ、兄さん――俺がやる。シルク、俺の後ろから離れないでね？」

「は、はぃ……」

あ、あれ？　マルス様の背中が大きい？　それに、自分でやるって？

「チチチチィィ――!!」

「きゃっ」

「俺の大事な人を怖がらせるなよ――フレア」

私が目を逸《そ》らした一瞬、ものすごい爆発音が鳴り……。

ゆっくりと振り返ると、一メートル近いエイトビーが真っ黒になっていました。

「シルク、ごめんね。怖かったよね」

「い、いえ……マルス様が守ってくださったのですか？」

「まあ……一応、君の元婚約者だしね。シルク、君に会えて嬉しいよ」

そう言って微笑むマルス様は……私の知る方と違って見えて……何だか、胸がドキドキしてしまいます……。

……どうやら、再び恋に落ちてしまったようですの。

でも、元って……私は破棄した覚えはありませんからねっ！

三十二話

ふぅ、どうにかなったか。

あの大きさ……多分、あれがキングだったんだろうね。

森の外だったから、咄嗟《とっさ》に火属性の上級魔法を使っちゃったけど……。

「おい！　マルス！」

「いたたっ！」

「なんだ⁉　今のは⁉　ライラ姉さんに、いつの間に習った⁉」

「ま、待って！　肩外れちゃうっ！」

「ライル様、落ち着いてください」

「おっと、すまん」

ふぅ……リンがライル兄さんを止めてくれた。

おかげで、肩を外されずに済んだ……痛いよぉ〜。

「まずは、都市の中に入りましょう。シルク様も、それで良いですか？」

「………」

ん？　なんだ？　シルクの様子が変だな？

「シルク？　どっか怪我でもした？　怖かったかい？」

「ひゃい!?」

「うひゃあ!?」

「はっ！　ご、ごめんなさい！」

「いてて……二人してひどくない？」

ライル兄さんには、両肩を掴まれて揺さぶられ……。

シルクの顔を覗き込んだら、今度は突き飛ばされてしまった。

「あぅぅ……違うのにぃ……」

「今のはマルス様が悪いですね」

「くはは、はっ！　女の扱いがなっとらんなっ！」

「えぇ……俺が悪いの？」

あれー？　おかしいなぁ、シルクってもっとツンツンしてなかったっけ？

いつも、こんなしおらしかったっけ？

ひとまず、四人で都市の中に入ると……。

「マルス様！　ご無事でなによりです！」

「マックスさんもご苦労様」

「ヨル殿と、侯爵様がお待ちです！　すぐに館へ！」

「はい？　……シルク？」

「お、お父様も来ていますわっ！」

まじか……俺、あの人苦手なんだよなぁ。

厳しい人だし、理論派だし。

怖いから、なるべく顔を合わせないようにしていたはず。

そして……領主の館の前、その男は腕組みをして待っていた。

「マルス様、お久しぶりでございます」

「は、はい、お久しぶりですね。本日は、どのようなご用で？」

俺は婚約破棄されたから、もう関係ないはずだ。

「実は、国王陛下に視察の同行を頼まれまして……」

ウワァ〜！　ロイス兄さんは、本当に厳しくするつもりだっ！

この人を寄越《よこ》すなんて……とにかく自分にも他人にも厳しい人だし……とほほ。

「そ、そうなんですね。えっと……」

「まずは、中に参りましょう」

「わ、わかりました！」

あれ？　俺って、ここの領主だよね？　王子だよね？　……まあ、いいか。

俺の部屋では、すでにヨルさん達が待っていた。

壁際には、レオ、ベア、シロ、ラビもいる。

「ライル様、貴方を差し置いて申し訳ありませんが……」

「俺に遠慮することはない。今の俺は、王子である前に視察兼護衛で来ている」

「感謝いたします。では、私がマルス様とお話をさせていただきます……マルス様も、よろしいですね？」

「は、はいっ！」

「シルクもいいな？　あと、リンといったか？」

「はい、お父様」

「ええ、問題ありません」

ぎゃー！　助けてくれる人がいないよぉ～！　みんな、この人にビビってるし！

「さて……ヨル殿から色々と聞きました」

「そ、そうですか」

「奴隷解放をするおつもりで？」

「いえ、そこまでは考えていません。必ず軋轢《あつれき》を生むことになります——特に貴族の間で」

「わかっているならよろしい」

「しかし、このままでは良くないとも思っています。このままいけば、どこかで破綻するでしょう」

「ほう？　それも理解していると……ええ、その通りです。私も、憂慮していることです」

「はい、どこかで和解の道を探るのが私の目的です。そして、後世の者に繋げていきたいと思っています。もちろんなくせれば、それに越したことはありませんが……」

「なるほど……ふむ、そうですか」

うぅ……この審査されてる感じ……胃が痛いよぉ～。

「では、次に……何やら、労働改革をしているとか？」

「ええ、奴隷達にだって休憩は必要ですし、食事を摂った方が効率が良いですから」

「ふむ、理にはかなってますな。それを奴隷に適用するところは、普通はあり得ませんが」

「彼等だって、同じ生き物です」

「……真っ直ぐな目ですね。そうですか、そう言える人だということですか」

ん？　少し和らいだ？　それとも気のせい？

「えっと？」

「いえ……他にも、仕事の少ない下位の冒険者達を使った農作物の管理……獣人や人族のために家を用意し、皆で使えるお風呂を用意したり……獣人を使って、本人自らも狩りにまで出ていると」

「ええ、彼等も魔法の鍛錬にもなり、いずれ強くなるでしょう。冒険者全体の底上げにも繋がります。獣人と人族がコミニュケーションを取れれば、狩りの効率も上がります。そうすれば食料自給率の向上になります。私自身が行くことによって、彼等と連携が取れるということを証明するためです」

「ふむ……しかし、高位冒険者から不満が出るのでは？」

「ええ、出ています。しかし、それもきちんと考えています」

すると、少し上を見上げた後……。

「……及第点ですな」

「へっ？」

「いや、元々のことを考えれば上々の成果といったところですか」

「それは、つまり……？」

「ひとまず、合格点を差し上げます」

「ほっ……ありがとうございます」

「いえ……正直言って驚いております。厳しいことを言いましたが、まだ二週間という短期間ですから。この進歩は目覚ましいかと」

よしっ！　この人に褒められたのは大きいぞ！

国内でも屈指の人物で、国王陛下や宰相すら一目置いてるし。

「しかし！　……甘い部分が目立ちます」

「えっ？」

「税金は？　収入源の確保は？　その使い道は？　マルス様の給料は？　リン殿は？　特産品は？　法の整備は？　獣人達と人族の仲を取り持つなら、それも必要かと。さらには、ここには高位貴族がいません。だから、王族である貴方が好きにやることができました。他では、こう上手くはいかないでしょう」

うわぁ……ぐうの音も出ないや。

「す、すみません……」

「いえ。先ほども申しましたが、二週間でできることではありません。何より、貴方に感服いたしました！」

先ほどとは打って変わり、急に熱が入ったように前屈《まえかが》みになる。

「ど、どういう意味ですか？」

「魔法使いとして一流とお聞きしました。皆に馬鹿にされつつも、その力を秘匿していたと……もし貴方が力を秘匿していなかったら、王位継承で揉《も》めていたでしょうね」

あぁーそういう意味ね……いや、そんなつもりはなくて……。

「まさか、ダラダラしていたのがカモフラージュだったとは……私としたことが、騙されるとは……これには驚きを隠せません」

うん、だってカモフラージュじゃないし……ダラダラしたかったんだもん！

「生まれた頃から神童と呼ばれることに甘んじることなく……冷静に状況を確認して、自らの立ち位置を決めたのでしょうね。もちろん、兄弟仲が良いことも要因かと思いますが」

ううん、全然考えてなかったよ？

ただ、めんどくさかっただけだよ？

「沈黙ですか……いえ、答えられるものではありませんね。まさか、こんなにできる方だとは……今まで失礼な態度を取り、申し訳ありませんでした！」

「ちょっと!?　やめてください！」

何いきなり頭下げてんの!?　しかも——ほとんど勘違いなんですけど!!

「いいえ、私が間違っておりました。シルクの言う通り、優しくて思いやりのある方で、きちんとした考えの持ち主だということがわかりました」

「良いですからっ！　お願いだからやめてください！」

俺は彼に寄っていき。無理矢理起こす。

「なんと……王族でもあるのに、私の物言いにも文句もつけずに……しかも、許してくださると？」

「許すも何も、私がダラダラしてたのは事実ですし、まだまだ未熟なのも事実ですから」

「……私の負けですな。シルク、婚約破棄は撤回する」

「お父様！」

「はい？」

「いや、それどころではないな。このままではシルク……お前の方がマルス様に相応《ふさわ》しくない」

「そ、そんなっ!?」

「えっと？」

「しかし、お前の気持ちはわかる。それに約束は守らねばならん。マルス様、娘を置いていくので、好きにお使いください。シルク、きちんと役に立ってマルス様に相応しい女性になりなさい」

「はいっ！　お父様っ！」

待て待てーい！　何がなんだかさっぱりなんですけど!?

「今更何を言うとお思いになるでしょうが……シルクが相応しい女性になったら……もしよろしければ、娘を再び婚約者にしてもらえるでしょうか？」

……はい？　後半から全然展開についていけないんですけど？

三十三話

……待て待て、色々ありすぎる。

「えっと……」

俺は王都を出る前に婚約破棄されて……。

それは俺のせいであって、シルクには落ち度はまったくない。

故にオーレンさんは、俺とシルクの婚約を破棄して……。

うん？　それで、なんで再び婚約させようとするの？

というか、シルクが相応しくないってどういうこと？

「そのですね……」

「い、嫌ですの!?」

「ま、待って！　ねっ!?」

ちょっと待て！　俺、今更だけど……こんな可愛い子が婚約者だったの!?

顔を近づけて迫ってくるシルクは……とても可愛い。

「じー……」

「マ、マルス様？」

ぱっちりした透き通る青い目、その丁度よく丸みを帯びた輪郭。

銀髪は丁寧に整えられ、キラキラと光っているかのようだ。

体形も出るところは出て、引っ込むところは引っ込んでるタイプだ。

つまり……前世では、お目にかかれないレベルの美少女だ。

おっぱいも大きいし、おっぱいも大きい……大事なことなので二回言います。

「うぅー……恥ずかしいですわ……」

「ま、まずは説明を要求します！　オーレン殿！」

「ああ、そうですな。シルク、座りなさい」

「は、はい……」

そう言って、俺の隣に座る。

あれ？　さっきはオーレンさんの隣だったのに？

しかも、なんか近いんですけど？

甘い香りがするんですけど？

もっと言えば——腕を組まれてムニュンってなってるんですけど？

「では、簡潔に説明しましょう。国王陛下に頼まれまして……マルス様が、この地で何か実績を残したなら婚約破棄を考え直してくれと。さらには。この私に頭を下げようしたので、流石にお止めしましたがね」

「ロイス兄さんが……そうでしたか」

ロイス兄さん……昔から俺に厳しくて、いつも小言を言われてたっけ。

でも、今ならわかる……きっと親代わりのつもりで厳しく接していたんだろうなぁ。

今度会ったら、きちん謝らないと。

だって、俺のために頭を下げようとしてくれたんだ。

「今考えると……国王陛下は、マルス様を信じていたのでしょうね。いやはや、私もまだまだですな」

いや、それはないかと……めっちゃ、怒られてたし。

「ハハ……ソウデスカ」

「そして、この短期間の成果でわかりました。シルクの見る目が正しかったと。シルク、すまなかったな」

「ふふ、わかってくださいましたか」

「ああ、我が娘ながら見事だ。これなら、娘を任せられる」

何がなんだかさっぱりわからないが……とりあえず、俺は流されるままにしようと思う。

だって……俺だって、できるならシルクに側にいてほしいし。

「それで、どうですかな？」

「えっと……シルク」

「は、はぃ」

「その……また、よろしくね」

だ、だめだ……！　前世も含めて俺の恋愛スキルは皆無だった！

少しも気の利いたことが言えない！

「はいっ！　うぅー……」

「な、泣かないで！　ねっ!?」

「グス……」

ど、どうすれば正解!?　助けて！　〇ラえもーん！

「ほら、マルス様」

「リンえもん！」

「はい？」

「い、いや！」

「そこは、頭を撫でればいいのですよ」

「な、なるほど……」

泣きじゃくるシルクの髪を優しく撫でる。

うわぁ……きめ細かで、傷みなんか一切ない。

サラサラで、ずっと触っていられるや。

「あ、あのぅ……もう、大丈夫ですから」

「おっと、ごめん。つい触り心地が良くてさ」

「……たまにならいいですわ」

あれれー？　やっぱりおかしいぞー？　普段なら、ツンツンされるのに……。

「コホン！」

「ご、ごめんなさい！」

そうだった！　父親の前だった！

「いえ、仲直りしたならいいのです。少し複雑ですが……さて、では私は帰るとしましょう」

「えっ？　泊まっていかないのですか？」

「ええ、色々見たい気持ちもありますが……本来の視察担当はライル様ですから。先ほども言いましたが、私は婚約者に相応しいか確認に来ただけなので。まさか、その逆のことを思うとは思いもしませんでしたが」

「ですが、一泊くらいは……シルクもいますし」

「ありがたいのですが、私も領地を長く空けるわけにはいかないのです。何より、私は恥ずかしい。自分では知《し》らず識《し》らずのうちに、民や奴隷を見下していたのかもしれません。マルス様のようにはいかないと思いますが、私も色々とやってみようと思います」

「貴方がやってくれるなら、これほど心強いことはありませんね」

「それと先ほども申しましたが、シルクは置いていくのでどうかよろしくお願いします」

「……はい？」

ん？　今、なんて言った？　そういや、さっき置いていくとか聞いたような。

色々ありすぎて、追いつかないよぉ〜。

「シルク、我が家の者として恥ずかしくないように。何より、強力なライバルがいるんだ。今のままでは、彼女に負けてしまうだろう？」

その視線は、リンに向けられていた。

「いえ、ご安心ください。私は、シルク様を応援してますので」

「私はリンと仲良しなのですわっ！　た、たしかに羨ましいですけど！」

「なるほど、それは良かった。では、どうする？」

「やりますの！　もう――マルス様から離れません！」

「お、お、落ち着いて！」

ギャァ――!?　押し付けないでくれぇ！

「そういうわけなので、よろしくお願いします。ご安心ください、シルクには私の教えを叩き込んであります。きっと、マルス様の力になってくれるかと」

「わ、わかりました。責任を持って預からせていただきます」

「ええ、お願いします。私の、たった一人の娘ですから」

そうだった……早くに奥様を亡くしたこの方には、シルクと後継ぎのお兄さんしかいない。その後、門の前にて見送りをする。

「オーレン、兄貴によろしくな」

「ええ、ライル様」

「お父様に万が一などないと思いますが、気をつけてくださいね」

「ふふ、そうだな。ああ、気をつけよう」

そうだった……この人は剣も魔法も使えるハイスペック人間だったね。

本来、護衛なんかいらない人だよね。

「さて、マルス様……少しお耳を」

「え、ええ……なんですか？」

「あんなことは言いましたが、これは話が別です——結婚するまでは手を出してはいけないですからね？」

「は、はいっ！」

その声は低く、地の底から聞こえるかのようだった……おしっこちびるかと思った。

オーレンさんを見送ったあと……。

「マルス様？　何を言われたんですの？」

可愛らしく、首をコテンとかしげるシルクを見て……。

はぁ……これはこれで、中々大変そうだなぁ……とほほ。

三十四話

オーレンさんを見送った後、一度領主の館に戻り……。

ずっと、うずうずしていたライル兄さんに迫られる。

「おい！　どうなってんだ!?」

「ま、待って！」

咄嗟に、俺はリンとシルクの後ろに隠れる。

……え？　情けないって？　別に良いじゃないかっ！　俺は肩を外されたくないもん！

「ライル様、落ち着いてください」

「そうですの」

「まったく、そういうとこは変わらないのか」

「俺は何も変わってませんよ？」

「嘘つけ、お前が優しい子で実は賢いのは知ってる。しかし、魔法が使えるとは知らなかったぞ？

ライラ姉さんは、知っているのか？」

ど、どうしよう？　前世とかチートとか説明しても理解してもらえないよね？

でも、可愛がってもらった兄さんに嘘はつきたくないかな……折衷案でいこうか。

「いえ、誰にも伝えていませんでした」

「ほう？　その理由は、さっきオーレンが言っていたようにか？」

「いえ、あれはオーレン殿の勘違いです。俺はただ、ダラダラしたかっただけです。そのためには、力を隠す必要がありました」

まずは、ダラダラしたかったのは自分の意思だときちんと伝えないと……。

そのうち、働かされちゃうかもだし。

「なるほどな……お前らしい」

「もちろん、歳を重ねていくうちに面倒なことになると思ったのは事実です。世話になったロイス兄さんと敵対したくはありませんし」

そんなこと思ったことないけど、これは勘違いされたら困るから伝えないとね。

「わかった……まさか、可愛い弟が麒麟児《きりんじ》だったとは。ライラ姉さんが聞いたら……覚悟しといた方がいいぞ？　魔法を使えるとなったら……こわっ」

「……ブルブル……そ、その時は助けてくれますよね？」

「バカ言うな！　俺は逃げる！」

「なっ!?　それが可愛い弟に対する仕打ちですか!?」

「馬鹿野郎！　俺だって命は惜しい！」

ライラ姉さんは、いわゆる魔法バカで……ブラコンである。

もし俺が魔法を使えるとわかったら……模擬戦《あそぼう》と言うに違いない。

勝てる勝てないではなく、俺とライル兄さんは姉さんには頭が上がらない。

「ふふ、懐かしい光景ですわ」

「ええ、そうですね。ライル様が騎士団に入ってからは、会うことも減りましたから」

「ふん……まあ、そうだな。マルス、視察員として数日世話になる。まずは、荷物を置きたい。無論、連れてきた数名の兵士達や文官の部屋もだ」

「そういうことでしたら。ラビ、ライル兄さんを空いてる部屋に案内してあげて」

俺は、それまで後ろで大人しくしていた彼等に声をかけていく。

「は、はいっ！」

「ほう？　こいつは？」

「俺のお世話係兼、リンのお手伝いをしている兎族のラビです。ちなみに、獅子族がレオ、熊族がベア、犬族がシロです。みんな、俺の仲間です」

「主人……」「ボス！」「えへへ」

「そうか……こんな弟だが、よろしく頼む」

「ああ」「おう！」「はいっ！」

自己紹介を終え、ひとまず兄さんは部屋から出ていく。

さて、問題はこっちだよね。

「シルク」

「はい？」

「……どうして、腕を組んでいるの？」

兄さんが出ていった瞬間、腕を組まれました。

いや、良いんですけどね？

「もう逃がさないからですの」

「えっと、逃げた覚えはないんだけど？」

「私を置いて、バーバラに行ってしまいましたわ」

「いや……」

「私は、待っててくださいって言ったのに……」

「しかしですね……」

「覚悟してくださいね？　――もう離れませんの」

……あれ？　やっぱり、おかしいよ？

「マルス様が悪いので、落ち着くまでは甘んじてください」

「リン、俺が悪いの？」

「ええ、もちろん」

「……ソウデスカ」

……まあ、いっか。

そのうち落ち着くでしょ……落ち着くよね？

その後、リンはシルクを宿泊用の部屋に案内しに行った。

「じゃあ、レオ、ベア、シロ、ハチミツを取りに行こう」

俺は彼らを連れて、厨房へと向かう。

ひとまず、シルクを歓迎しないとね！

◇◇◇◇◇

……さて、ここなら邪魔は入りませんわ。

部屋に案内された私は、リンと向かい合います。

「リン、ありがとう」

「いえ。シルク様、改めてよろしくお願いします。マルス様には、貴女が必要ですから」

「リン……貴女の正直な気持ちを教えてくださる？　私は、邪魔ではないですか？」

「いえ、私は……」

「貴女の気持ちは知っていますから」

リンはマルス様が好きなんですわ。

もちろん、私も負けてはいませんが……。

「……私は、貴女に感謝しています。奴隷であった私に、貴女は優しくしてくださいました。そして、マルス様のお側にいることを許してくださいました」

「当然ですわ。貴女は信頼に足る者で、私の友なのですから」

「ええ、そう言ってくださることを嬉しく思います。ですので、私は側にいられればいいのです」

「もう！　それではダメですわ！」

「しかし……」

むぅ……相変わらず、強情ですの。

「まあ、それは後にして……ところで、他に女性の方は？」

「大丈夫です、メイドやそれらしい者は全て排除しましたから。シロもラビも幼く、マルス様の守備範囲ではありませんし」

「そ、そうですか……ほっ」

「ふふ、約束通りお守りしましたよ」

リンには、マルス様に近づく女性がいたら排除するように頼んでたから……。

「言っておきますけど、貴女以外には許しませんから」

「シルク様……」

「貴女はライバルでもあり、友なのですからね」

「しかし、私は元奴隷で獣人で……」

「私の友を悪く言うことは、貴女でも許しませんわ」

「……ありがとうございます」

もう！　相変わらず頑ななんだから！

私がいない隙に、マルス様をどうにかすることもできたのに……。

そんな気配はないし。

でも……そんなリンだからこそ私は好きで……。

きっと、上手くやっていけると思ってますのに……そうだわっ！

「リン」

「はい？」

「私は、婚約破棄こそされませんでしたが……今は解消状態に近いです」

「え、ええ……ですが」

「つまり、マルス様を好きなただの女ということです――貴女と同じ」

「シルク様……」

「これで、立場的には対等ですわ。いえ、マルス様の信頼を得ている貴女の方が上かもしれない」

「そ、そんなことは……」

「つまり、私と貴女の競争というわけですわ。どっちがマルス様のお役に立てるか」

「……………」

「自信がない？　マルス様のお役に立つ自信が」

リンは何よりも、マルス様の役に立つことを重視しているわ……これなら。

「……いいでしょう。私の唯一の誇りを奪おうというなら――貴女でも容赦はしません」

「ふふ、そうでなくては。リン、頑張りましょうね？」

私は彼女に握手を求めます。

「……敵《かな》わないですね、貴女には」

少し躊躇った後、リンはぎこちなく握ってくれました。
これで良いのです……マルス様には、リンが必要ですから。
もちろん——私も負けるつもりはありません。

三十五話

その後、厨房に入ってみると……。

厨房では、すでに巣が解体されていた。

その中に、一際目立つお腹の大きな蜂がいる。

「あれが女王？　随分と、ズングリしてるね」

「ああ、そうだ。奴は苗床扱いだ。ひたすらに種を仕込まれて、ただ産み出すだけのものになる。オスは種を仕込んだら、死ぬそうだ」

うげぇ……いや、そういう性質だとは思ってたけど気分は良くないなぁ。

たしか、前世でも似たような感じだったはず。

「もし女王が死んだら次の女王はどうするの？」

「メスの中から、新たな個体が女王となる。そして、卵を産んでいく。その始めとして、まずは守りのキングを産み出す」

「へぇ、なるほどね。じゃあ、あのまま放っておけば良いんだ？」

「ああ、いずれ巣を作り、また採取できる日がくるだろう」

「冬を越せるの？」

「ん？　ああ、問題ない」

「そっか……うん、ありがとう」

そりゃ、色々と勝手は違うよね。

さて……勝手が違うのは味もかな？　ワクワク。

「それで、ハチミツは……」

「おおっ!!!」

「うわっ!?」

いきなりベアが駆け出して、奥の部屋へと向かう。

そして、その扉を開けた瞬間——。

「めっちゃ、甘い香りが……たまらん」

「ボスっ！」

「マルス様！」

「僕、気になります！」

「うん、行こうか」

全員で、奥の部屋へ入ると……。

ベアが丸い壺《つぼ》の前で号泣しはじめた。

どうやら、壺に小分けされているようだ。

たしか、密閉性が大事って聞いたことあるな。

「ウォオォ——！」

「べ、ベア？」

「主人よっ！　感謝する！」

「いたたっ!?」

熊さんに抱きしめられています！　痛いです！

「べ、ベア！　落ち着けって！　ボスが潰れちまう！」

「す、すまない」

「い、いや、別に良いよ。そんなに好きなんだ？」

「ああ、母親との思い出の味だからな。いや、今は香りか」

「なるほどね」

「あと、取ってからずっとうずうずしていた。しかし、主人達が真面目な話をしているのに、そんなことを言うわけにはいかない」

ああ、そういうことね。

ずっと我慢してたってことか。

それが爆発したと……ふむ。

「じゃあ、ベアが一番に食べて良いよ」

「……良いのか？　主人であるお主を差し置いて……」

「うん、だってベアがいなければ取れなかったんだから」

「……レオよ」

「へっ、言ったろ？」

「ああ、我等の主人は素晴らしい人だな。主人よ、改めて誓おう。我が身を捧《ささ》げるので、好きに使え」

「そういうのは良いから。ほら、早く食べて。君が食べないと、俺だって食べられないよ」

なんか、こういうのって照れ臭いよね……まあ、嬉しいけど。

「では……」

綺麗なスプーンを使い、壺からハチミツを取り……。

「あむ……あぁ……母さん……」

「どう？　美味しい？」

「ああ、今まで生きてきた中で二番目にうまい」

「あら？」

「一番は母がくれたものだ」

「それなら仕方ないね。じゃあ、俺も……」

違うスプーンを使い、ハチミツをすくう。

「おおっ、重い」

見た目よりも、ずっしりとした重さを感じる。

何より黄金に輝くそれは、見ているだけで飽きない。

「いただきます――あれ……っ!!」

甘くないと思ったら……遅れていきなり甘みが爆発した!?

「うん？　甘すぎない？　でも甘い？　……これが上品な味わいってやつか」

これなら飲めるね、比喩でもなんでもなく。

「美味しいね……」

「ははっ！　こいつはうめぇ！」

「美味しいです！」

「わぁ……！　僕、これ好き！」

「クク、おそらく一番良い時期のものだな。何より、皆で取ったからだろう。俺も……昔を思い出した」

「うん、それはあるね。全員で取ったものを一緒に食べると美味しいよね」

すると、足音が聞こえてくる。

「あら、私は仲間外れですか？」

「私は一緒には取ってませんけど……」

「そうだね、ごめんね。リンも食べなよ。もちろん、シルクも」

「はい、では……美味しいですね。滑らかでいて、それでいて喉越しも良い」

「い、良いんですの？」

「みんな、良いかな？　この子も、これから仲間になるから」

俺が全員の顔を見ると……皆が戸惑っている。

そっか、シルクが貴族だから戸惑ってるのかも？

シルクが良い子だってことを伝えないとね。

「マルス様、ご挨拶をしてもよろしいですか？」

「えっ？　う、うん、もちろん」

すると前に出て、優雅にスカートの端をつまみ……。

「皆様、ご挨拶が遅れて申し訳ありませんわ。私はシルク-セルリアと申します。マルス様の元婚約者にして、マルス様を愛する者であり、リンの友でもあります。以後、よろしくお願いしますわ」

「皆の者、ここにおわす方は奴隷差別をしない。この私が保証するから安心するといい」

「あ、姐さんが言うなら……よろしくな！」

「よ、よろしくお願いしましゅ！」

「ぼ、僕もよろしくお願いします！」

みんなが声を上げる中……しかし、ベアだけは腕組みをして黙っている。

「主人よ……こやつはお主の大事な人か？」

「うん、そうだよ」

「ふえっ!?」

「えっ？」

「い、いえ、何でもありませんわ」

「そうか……ならば良い。さあ、食べてくれ」

ベアが壺を、シルクの前に差し出す。

「……いいんですの？」

「ああ、主人の大事な人なら良い」

「で、では……はむ……っ～!!」

「いたいいたい！　背中を叩かないで！」

ハチミツを口に含んだ瞬間、何故か俺は背中をバンバンと叩かれています。

「マ、マルス様！　美味しいですわ！　今まで食べたハチミツの中で一番！」

「そ、そう、それは良かった」

「こ、これは……紅茶に入れなくてはいけませんわ！」

「良いですね、では私が入れましょう」

「わ、私もやりますの！」

「僕も！」

「わたしも！」

女の子達が隣の部屋に移動して、並んで厨房内で作業をしている。

そういや、いつもこんな感じだったっけ。

こういうのも、前世の記憶が蘇ってからは初めてだし。

「主人よ、良い人間だな。我らを見下す視線がない」

「でしょ？　シルクはいい子だもん」

「ははっ！　ボスの女か！　なら、俺達にとっても大事な人だな！」

「いや、女って……」

「クク、照れているようだな？」

「マルス様～！　できますわよ～!?」

「わ、わかった！　ほら、行くよ！」

その後、みんなでティータイムを過ごす。

「ぁぁ……美味しい……砂糖とは違う、上品な味わいですの」

「ええ、美味しいですね」

たしかにうまい……だが、まずはアレが食べたい！　一段階レベルが上がるはず！

「ふふ……俺は、これで唐揚げを作る！」

「良いですね」

「わぁ……美味しそう！　僕も手伝います！」

「わたしも食べたい！」

「オレもだっ！」

「ほう、良いな」

シルクはキョロキョロとした後、俺の側にくる。

「な、なんですの？」

「ああ、唐揚げって食べ物があってね、これが美味しくて――うわぁ!?」

ものすごい力で肩を揺さぶられる！

「何処ですの⁉　私も食べたいですわっ！」

「い、いや、今はなくて……お、落ち着いて！」

「ず、ずるいですわっ！　私も食べたいですっ！」

「わ、わかったから！」

そういや、普段のシルクはこんな感じだった……。

……でもおかげで、俺はずっと楽しかったんだよね。

それを今思い出した。

俺はいつも無気力で……でも、そのたしかな理由がわからなくて。

そんな時、彼女が側にいてくれた。

俺を無理矢理連れ出したり……当時はめんどくさいと思うこともあったけど。

……それでも、今思えば楽しかった。

「な、何を笑っているのですか？」

「ううん、何でもないよ。シルク、君がいると楽しいね」

「っ～‼」

「いたっ⁉」

「もう！　……私も楽しいですの」

うん……彼女ならきっと、他の人とも上手くやれるだろう。

さて、色々とやらなきゃいけないけど……頑張りますかね。

三十六話

その後、一度執務室に戻ることになり……。

リンとシルク、兄さんとヨルさんと話し合いをする。

「さて、もうすぐ日が暮れるから本格的な視察は明日以降にする。という建て前で……明日から遊ぶぜ！」

「へっ？」

「はは……ヨルさん、すみません。ライル兄さんはこんな感じなので……ごめんなさい」

「おいおい、お前が言うなよ。一緒にサボった仲じゃねえか」

たしかに……勉強からは、一緒に逃げてたなぁ。

兄さんは武術の稽古以外は嫌いだったし。

えっ？　俺？　俺はもちろん、全部から逃げ出したのさ！

「……こ、国王陛下は」

「はい、苦労なさってますわ」

「ええ、そうです。下の二人がこれですからね」

「ぐぬぬ……マルスと一緒にされるのは癪《しゃく》だな」

「いえいえ、兄さん。今の俺はスーパーマルスです。キノコは食べてないけど、めっちゃ動いてます」

「相変わらず、わけのわからん奴だ」

「コホン！　ですので、ヨルさん」

「は、はい」

「明日以降、兄さんが引き連れてきた文官や兵士達を案内してあげてください」

「し、しかし、私の身分では……」

「大丈夫です、明日彼らには伝えますから。俺が信頼する方だと……兄さんもねっ？」

「まあ、お前が信頼してるなら良い」

「わ、わかりましたっ！　誠心誠意務めさせていただきます！　では部下にも説明してまいります！」

そう言い、ヨルさんは駆け出していった。

「クク、人誑《ひとたら》しは相変わらずか」

「人聞きの悪いこと言わないでくださいよ。俺はできる人に任せているだけです」

「……たしかに、そういう見方もできるか。もしかしたら、領主向きなのかもな」

「はい、私もそう思いますわ。人に任せられるのも才能だと、お父様は仰ってました」

「そうなの？　まあ、俺は楽できれば良いよ」

たしかに、前世でもそういう話は聞いたことあるかも。

まあ、俺みたいにめんどくさいって理由ではないと思うけどね。

「じゃあ、兄さんは俺と狩りにでも行く？」

「おう！　楽しみだぜ！　うるせえ奴等が多くてよ、王子なので後方にいてくださいとか」

「はは……まあ、そうだろうね」

「マルス様、シロがごはんを作ってる間にお風呂に入ってもらっては？」

「おっ、いいね。二人とも風呂に入ろうか」

「おっ！　良いじゃねえか！」

「あら！　素敵ですわっ！」

というわけで、作ったばかりの風呂場に案内する。

俺が指定して作らせたので、まんま前世の温泉に近い形にしてもらった。

奥には熱い、温《ぬる》いの二つの広い浴槽、手前には広い洗い場……下町の銭湯って感じかな？

のれんまで作って、女湯と男湯に分かれている。

「す、すごいですわね」

「お、お前が作ったのか？」

「うん、お金はそんなにはかかってないよ。ほとんど俺が魔法で加工したし。木材を風魔法で切ったり、土魔法で穴を開けたり、水魔法で水を溜めて、火魔法で温めるから」

「「……………」」

「ん？　どしたの？」

「こ、こりゃ、兄貴に報告しないと」

「お、お父様にお手紙を書かないと」

「ふふ、マルス様は常識外れですからね」

「別に魔法を使っちゃダメなんて決まりはないし。ほら、入ろう」

身体を石鹸《せっけん》で洗い、髪も簡易的なシャンプーで洗い流す。

「うーん……これも、あまり良いものではないよね」

もちろん、あるだけマシだとは思うけど、前世の記憶が蘇ったし……。

そのうち、きちんとしたモノを作りたいね。

そしたら、シルクやリンも喜ぶかも。

「ふぅ……気持ちいぃ」

「カァー！　気持ちいいぜ！　あとは酒と女でもあれば言うことないな！」

「そんなに良いものですか？」

俺、前世の時も酒は好かなかったし、女性とお付き合いしたこともない。

我ながら、寂しい人生だったなぁ。

「ちょっと!?　ライル様！　マルス様に変なことを教えないでくださいませ！」

「シルク様、もう少し静かに」

「で、ですが！」

天井に覗くスペースはないけど、声が通るくらいの隙間は作ってある。

なので、大声で話せば聞こえないこともない。

「クク、愛されてるな？　しかし、怖くもある。お前、女遊びはできないな？　……まあ、死人が出そうだ」

「どういう意味ですか？」

「リンが相手を始末するか……お前がシルクに泣かれて……オーレンが飛んでくるかだな」

その光景が、一瞬で目の前に広がる。

……ブルブル、オレ、オンナアソビシナイ。

そして風呂から出た後、俺はあることに気づく。

「俺やライル兄さんはそこまで長髪ではないから、乾かすのも大変じゃない」

でも、女性は髪を乾かすのも大変だよなぁ……。

ドライヤーなどはないから、暖炉の前や暖かい部屋で髪を乾かすのが一般的だ。

貴族の人は、タオルでよく拭いてから、使用人に団扇《うちわ》で扇《あお》いでもらって……。

「うん、できるかも。というか、俺はバカか。なんで思いつかなかった」

「マルス？　何をぶつぶつ言っている？」

「兄さん、少し実験に付き合ってください」

「お、おう。その言い方、姉さんそっくりだな」

「大丈夫です、少し髪が燃えるだけですから」

「お、おい!?」

「はい、いきますよ——それ」

「おっ……おおおぉぉ!!」

そして、ものの数分で……。

「ははっ！　すげえぞ！　姉さんが聞いたら驚くぜ！」

どうやら、実験は成功したようだ。

俺は兄さんを先に帰し、自分の分も乾かして二人を待つ。

すると……。

「た、大変ですの！　使用人がいないから乾かせないわ！」

「大丈夫ですよ、ブルブルってして暖炉の前にいれば乾きますよ」

「や、野性的すぎますわ!?」

そういや、リンはいつもそうしてたっけ。

というか、基本的に獣人の身体は丈夫だから平気だって言ってたね。

「二人とも〜！　服は着た〜!?」

「マ、マルス様!?」

「ええ、着てますよ」

「じゃあ、出てきて！　俺が乾かすから！」

そういうと、二人が出てくるが……。

やばい……舐めてた……色気が半端じゃないんですけど？

ガウンに着替えた二人は、蒸気というか、色香というか……。

とにかく、色々とまずい……さっさと仕事しよう。

「マルス様？」

「う、ううん、シルク、そこに座って後ろを向いてくれる？」

「は、はぃ」

シルクを座らせたら……。

炎は出しちゃいけない……あくまでも熱を……そこに風を送るイメージ……。

これが、火属性と風属性の複合魔法だ。

「熱風《ヒートウインド》」

風を送りながら、手で優しく髪を乾かす。

絶対に傷めないように、細心の注意を払う……こんなに綺麗なんだもんね。

「にゃん!?」

「あ、熱かった!?」

「い、いえ！　だ、男性に触られることなどないので……」

「……あっ――」

そ、そうだったァァ！　侯爵令嬢だったァァア！

「リ、リンがやろうか？」

「えっと……マルス様が良いですの……」

「ええ、それが正解です」

「そ、そっか……熱かったり、痛かったら言ってね？」

「はぃ……気持ちいいです」

うなじ綺麗だなぁ……っといかんいかん。

こんな時は、オーレンさんの顔を思い出して……。

そして色々な意味？　で無事に終わる。

「はい、次はリンだね」

「ですが……」

「ほら、やってもらいましょう？」

「……では、お願いします」

続けて、リンの髪を乾かす。

おおっ、シルクと違って重たい量のある髪だ……！

「うん、綺麗な紅髪だね」

「あ、ありがとうございます……」

「マルス様！　私は!?」

「シルクも綺麗だよ。両方ともサラサラだし」

「えへへ」

髪を乾かすと……。

「これすごいですわっ！」

「ええ、こんなに早く乾くなんて……」

「だよね……よし、これについても考えておこう。その前に、ごはんにしようか」

食堂に行くと、すでにみんなが揃っていた。

シロやラビ、レオにベア。

マックスさんにヨルさん、魔法使いのヤンさん。

兄さんや、そのお連れの方々。

本日は、バイキング方式を採用したらしい。

「おっ！　来たな！　じゃあ、食べるぜ！」

「どうやら、俺達待ちだったみたいですね。皆さん！　どうぞ召し上がってください！　と言っても、シルク達が持ってきたものですけどね」

「ふふ、良いんですわ。さあ、食べましょう！」

楽しい食事会が始まり、そして……とあるものが登場する。

こんがり焼けた芋虫のようなものが、大皿に盛られている。

「これ……エイトビーの幼虫？」

「そうですね」

「マ、マルス様……」

いや、前世でも食べる地域はあった。

まあ、色々と勝手は違うけどね。

「よし――はむ……うまっ！」

ていうか大きさといい、食感といい……海老《えび》だな。

しかも、伊勢海老《いせえび》とか……食べたことないけど。

「ええ、美味しいですね」

「で、では、私も……お、美味しい……とても濃厚でミルキーな味わいですわ！」

「そう、それが言いたかった。さすがはシルクだね」

「おう！　俺にも食わせろ！」

「ちょっと!?　重たいですよっ！」

「もぐもぐ……うめぇ！」

すると……。

「ボスっ！　オレも！」

「僕も！」

「わ、わたしも！」

「俺もだ」

さらに……。

「ヨル殿、俺達もいただきましょう」

「ああ、マックス。良いですかな？」

「うん！　もちろんさ！　みんなで食べよう！」

……そうだ、こういう感じを目指せば良いんだ。

よし、シルクのためにも頑張るとしますか。

やっぱり、男の子ですから……カッコいいところ見せたいしね。

三十七話

……人生とはままならないものである。

そんな台詞を、前の世界でも聞いたような気がするなぁ。

オーレンさんが帰り、一夜明け……俺は物思いにふけりたかったのだが。

「マルス様！　聞いてますの!?」

「は、はいっ！」

そういうわけにはいかないようです。

はい！　ただ今シルクに叱られています！

昨日、格好いいところ見せようとしたばかりなのに……。

やっぱり、ままならないものだね。

「まったく！　リン！　貴女も悪いですわっ！」

「す、すみません」

「おいおい、シルク嬢、そんなに怒鳴る……」

「ライル様は黙っていてください」

「いや、俺一応王族……」

「庭に出て稽古でもしててください。まだ、お話は終わっていませんので」

「お、おう」

ライル兄さんが肩を落として、部屋から出ていった。

弱っ!? 兄さん弱っ!? いや、この場合はシルクが強すぎるのか。

「さて、マルス様? 何故、叱られているかわかりますか?」

「えっと、俺がお金を使いすぎたから?」

俺は、領主の館にあったお金をほとんど使ってしまった。

獣人達の家作りや、館の増築、住民との宴や、民への一時的な税金の免除などに。

「いえ、それ自体は必要であったと思いますわ。ですが、マルス様は無給で働いているし、リンもお給料貰《もら》ってないって言うし。お父様が、昨日言ってはいましたが……まさか、ここまでなんて」

「でも、貰っても使い道ないいし。それに、まだ来たばっかりだし」

「私は、マルス様の側に好きでいるだけですので……」

「はぁ……それじゃ、ダメですわ。トップがしっかり貰わないと、下の者が報酬を受け取り辛くなりますから」

あぁー、なるほど……言われてみたらその通りかも。

というか、前世でも聞いたことあるかも。

「ヨルさんの給料はどうなってますの?」

「こ、今月は貰ってません。しかし今月に限っては、それでも良いと我々は納得しております。マルス様のおかげで、温かいごはんと、温かいお風呂、温かい寝床につくことができるのですから」

「ダメですわ。獣人も人も、働いたなら対価が必要です。そして、役職に見合った報酬が支払われるべきなのです。何より、全員が納得しているわけではないでしょう。人によっては、不満に感じる者もいます。それは、溜まっていけば……良くないですわ」

「な、なるほど……すみません、私も平民出身の兵士でして、そういうことには疎くて」

「いいえ、仕方のないことですわ。国王陛下が、文官なども引き下げたと仰ってましたし。リンはそういう教育は受けてませんし……マルス様？」

「お、俺は、ほら、サボってたし……ご、ごめんなさい！」

そうだよな～全然気が回ってなかった。

前世の時、俺だってサービス残業とか給与の未払いとか嫌だったよなぁ。

すっかり、忘れてたよなぁ……反省しないと。

「まあ……色々と、それどころじゃない理由もあったと思いますわ。こちらに来てからも苦労してますから、この辺で許して差し上げます。それに国王陛下から、お金を預かっております。それがあれば、しばらくは平気ですわ」

「ほっ……ロイス兄さん、ありがとう」

「そうですわね……マルス様、私を文官の長に任命してくださいますか？」

「へっ？」

「私は、王族に嫁ぐ娘としての教育とは別に、お父様から領地経営を学んでおります。本職と同じというわけにはいかないですが、ここでの私の仕事かと思いますわ」

なるほど……真面目なシルクなら不正とは無縁だ。

お金の感覚もしっかりしてるし、何より……うん、それが一番だよね。

「じゃあ、シルクにお願いしようかな。俺はシルクを信頼してるからね」

「そ、そうですか……コホン！　ではその仕事、私が承りますわ」

「うん、よろしくね」

「そ、それでですね……お、怒ってませんから」

「えっ？」

「き、厳しく言ってしまいましたの……」

シルクは、何やらモジモジして俯いてしまった。

すると、真横にいるリンから小突かれる。

そして、耳元で囁《ささや》く。

「マルス様、シルク様に優しい言葉を言ってあげてください」

「えっ？」

「どうやら、きついことを言ったと気にしてる様子です」

ふむ、そういうことか。

相変わらず、リンえもんは頼りになるなぁ。

「シルク」

「は、はぃ……」

「ありがとね、俺のために厳しく言ってくれて」

「……口うるさい、嫌な女って思いませんの？」

「ううん、そんなことないよ。俺がしっかりしてない分、シルクがしっかりしてて助かるよ。これからも、よろしくね」

「し、仕方ありませんわね……えへへ、まるで……夫を支える妻のようですの」

「えっ？　最後、なんて言ったの？」

なんか両手を頬に当てて、めっちゃモジモジしてるけど……。

「マルス様、シルク様は……」

「リ、リン！　言っちゃダメですわ！」

「ふふ、仕方ありませんね」

「もう！　相変わらず耳が良いんだから！」

シルクはリンを引っ張って、奥の方に行ってしまう。

……俺には聞こえないけど、獣人であるリンには聞こえたらしい。

一体、何だったんだろう。

「まあ、二人が仲良いならいいか。ヨルさん、ごめんね。俺が色々と気づくべきだったね」

「い、いえ！　私の方こそ、申し訳ありません」

「もう一度言うけど、俺はそんなに大した人間じゃないから。だから色々間違うし、抜けてるところもあるから。なんでも、遠慮なく言ってね」

「マルス様……はい、畏まりました」

すると、二人が戻ってくる。

「シルク」

「は、はい？」

「何かしてほしいことはある？」

「ふえっ？」

「いや、シルクばかりに負担が行っちゃうからさ。俺にできることであれば、なんでも言ってよ」

「べ、別に私は……リン？」

リンが何やら耳打ちをして……。

「そ、そうですか？　ええと、あのぅ……」

「うん、何かな？」

「き、昨日のアレが良いです……」

「うん？」

「か、髪を乾かすやつですわ！」

「ああ、あれね。いずれ、シルク専属の人に教えるつも」

「マルス様がやってくださいっ！」

「えっ？　いや、別に良いけど……」

「マルス様が良いですの！」

「わ、わかったよ」

「えへへ、嬉しいです」

そんなに喜ぶことなのかな？　まあ、いいか。俺もシルクの髪触るの気持ち良いし。

さて、これで兵士の長と文官の長ができた。

シルクは頼りになる子だし、これで俺も自由に動けそうだね。

あれー？　いつになったらのんびりできるの？

でも、シルクにはカッコいいところ見せたいし。

というか、下手こいたらオーレンさんが怖いし……。

ぐぬぬ……おのれ——スローライフ！　待ってろよ！　必ず行くからなっ！

三十八話

その後、シルクに頼まれたので、ラビを呼び出す。

口出しをしないでくださいと言われたので、ひとまず様子を見る。

「ラビと言いましたね？」

「は、はいっ！」

「貴女、読み書きはできると聞いたのですが……」

「か、簡単なやつなら……覚えないと怒られたので」

「十歳くらいなら、まだいけるはずですわね……」

「え、えっと……」

「貴女、お金のことや経済について学ぶ気はありますか？」

「へっ？」

「意味はわかるかしら？」

「は、はい」

「もし学びたいなら、私が教えますわ」

その時、ラビの表情が変わる。

「そ、それをすれば、マルス様のお役に立てますか!?」

「ええ、もちろんですわ」

「や、やります——やらせてください！　お願いしますっ！」

「良い返事ですわ。ではマルス様、許可をいただけますか？」

「ラビ」

「は、はいっ！」

いくら俺とて、ここで言うべきことはわかる。

「期待してるからね。無理せずに頑張って」

「あ、ありがとうございます！　わたし、頑張ります！」

「ふふ、では早速始めましょう。マルス様、失礼しますわ」

「うん、よろしくね」

そして、シルクはラビを連れて、部屋を出ていった。

「ふふ、良かったですね」

「うん？」

「ラビはずっと気にしてましたから。マルス様のお世話も上手くできずに、シロとは違って役に立ってないことを。シロは料理の腕が上がってきましたし、ベアやレオは護衛や戦力として優秀ですし」

「なるほどね。まあ、十歳だから仕方ないけど。でも、逆にそれが良かったと」

「ええ、吸収力が違いますからね。私も、もう少し幼かったら……」

「リン？」

「マルス様、ライル様のところに行きませんか？」

「そうだね、兄さんも暇してるかもしれないし」

というか、さっき追い出しちゃったし……。

リンと一緒に、庭に出てみると……。

「くっ!?」

「なに!?」

「ははっ！　あめぇ！　そんなもんか！」

ベアとレオを相手に、兄さんが取っ組み合いをしている。

「ライル様は相変わらずですね……二人とも万全の状態ではないとはいえ、二対一で張り合えるのですか」

「す、すごいね……強いとは知ってたけど」

「まあ、私の師匠ですからね。獣人の動きや癖なんかを摑んでいるのでしょう」

たしかに、よく稽古してたよなぁ。

それにしても体格差はそんなにないとはいえ、闘気もないのにすごいや。

流石は、王国最強の男と言われるだけのことはある。

姉さんには勝てないけどね……俺も含めて。

「まあ、俺が穀潰しと言われるわけだよね。優しくも厳格で人を見る目があるロイス兄さん、一流の魔法使いにして頭脳明晰《めいせき》なライラ姉さん、そして……脳筋の兄さん」

すると、三人の手が止まる。

「おい!? 聞こえてるからなっ!?」

「あれ？ 聞こえてました？ 優しくてカッコいい兄さんって」

「一言も言ってなくね!?」

「主人よ、流石はお主の兄だ。まさか、人族と力比べをして負けそうになるとは」

「ボス、この人本当に人族ですかい？ オレと体当たりして退かなかったぜ」

「まあ、これでも王族の血を引く人だから。何より、類稀《たぐいまれ》なる戦闘センスの持ち主だし」

「俺は戦えば戦うほどに強くなるからなっ！ それを、王子だからと後ろにいろとか……つまらん！」

アンタは、どこの野菜の国の王子ですか。

この世界には冷たい不動産屋はいないですよ？

「ふふ、では私とやりますか？」

「ほほう？ この俺に挑むというのか？ 良いだろう、かかってこい！」

リンがゴク○で、兄さんはベジー○ですかねー。

「二人共、大人しくあっちで見てようか。多分、色々参考になるよ」

「ああ、そうさせてもらう」

「姐さんの師匠か。たしかに、言うだけのことはあったぜ」

俺達が離れると――戦いが始まる！

「ウラァ！」

「セイッ！」

拳と拳がぶつかり合う！

「おーっと！　双方一歩も引かずに肉弾戦の模様です！　そこには、最早《もはや》男と女は関係ない！　あるのはどちらが強いかということだけだ！」

「くそっ！　相変わらずイテェな！」

「そっちこそですよ。私、闘気纏ってるんですけど――ねっ！」

「おっと！　リン選手の強力な連続の足技が炸裂《さくれつ》ッッ――――！　兄さん、これはピンチか!?」

「相変わらずはぇぇな！」

「ライル様こそ、人族とは思えない動きですね！」

「な、なんと！　兄さんはリンの蹴りを紙一重で避けています！　類稀なるセンスのなせる技でしょう！　俺なら一発でお陀仏《だぶつ》です！」

「次はこっちから行くぜ！」

「ええ！　良いですよ！」

「おっと、リン選手は巧みな足捌《あしさば》きで攻撃を躱しています！　ライル選手はジャブを繰り出し、相手を牽制《けんせい》します！　これは大技狙いか!?」

「うるせえよ！」「うるさいですよ！」

二人は中断して、俺の方にくる。

「えー？　そうですか？　楽しくないですか？」

「うむ……俺は楽しかった」

「オレもです！　なんだか熱くなりましたぜ！」

「そ、そういうもんか？」

「では、レオとベアでやってみてください」

その後、似たようなことをやると……。

「たしかに、見ている分には面白いな」

「ええ、一理あるかと」

「そうなんだ」

いわゆる、見様見真似のプロレス実況だけど……これは、良いことを思いついたかも。

実現するには色々と障害があるけど、少し考えてみるのも悪くなさそうだね。

上手くいけば、娯楽の提供になるかも。

その後、兄さんとリンと共に狩りに出かける。

「ほう、これが魔の森か」

「マルス様、他の人は連れてこなくて良かったのですか？」

「うん、他の人に聞かれたくないし」

「なに？　……なんだ？」

「俺のやってることって、ロイス兄さんはどう思うかな？」

「なるほど……兄貴自体は喜ぶと思うが、周りの家臣は良く思わないかもな。奴等は頭が固く、自分の利益しか考えていないし、変わることを恐れる」

ロイス兄さんは若くして国王になったから、色々と苦労してるんだよなぁ。

基本的に、周りの家臣はおっさんと老人ばかりだし。

どこの世界でも、偉そうに口だけ出して地位にすがる奴はいるよねー。

「そっか、どうしようかなぁ……」

すると、頭に手を置かれる。

「兄さん？」

「ばかやろー、そんなことは気にしなくて良い。兄貴は、そんなことで地盤が揺らぐような人じゃない。お前は気にせずに好きにやんな。そのフォローをするのが、俺やライラ姉さん、そして兄貴だ。まあ、末っ子は大人しく甘えとけ」

「そうですよ、マルス様。私達もいますから」

「……そっか。うん、わかったよ。ありがとう、二人共」

……好きにやってみるか。

よし、俺は俺の思う通りにやってみよう。

それが末っ子の特権だしねっ！

三十九話

その後、森を歩いていると……。

「マルス様、何か大きな音が聞こえます……」

「どうしようかな？」

「行ってみようぜ。俺とリンがいて、魔法が使えるお前がいればオーガでも問題あるまい」

「いやです。俺は怖いので会いたくないです」

「まあ、行ってみましょう。今は、他の冒険者も探索を始めています。厄介なのがいたら、私達で倒しましょう……被害を未然に防ぐために」

「仕方ないね……うん、わかった」

リンを先頭に、俺、ライル兄さんが続く。

道中でオークやゴブリンを倒しつつ、奥へ向かっていくと……何かを発見する。

「あれ……何？」

ゴブリンらしき生き物がいる。

ただ、一回り以上大きい……多分、俺くらいかな？

それが二体いて、片方はオルクスを食べていて……。

もう一体は、オルクスと向かい合っている。

どうやら、はぐれを襲ったようだ。

「チッ！　上位種か」

……えっと、魔物は進化することがあるんだっけ？

ゴブリンがゴブリンジェネラルになったり、キングになったり……。

たしか……魔獣や人間を食べたり、殺すことで進化すると。

「あれはジェネラルですね。トロールよりは弱いですが、オークより強いです。下位の冒険者では苦戦することもあるでしょう」

「じゃあ、倒した方が良いね。オルクスも片方なら、まだ食べられるし。俺がサクッと……」

「待てや、マルス。俺にもやらせてくれ。ずっとストレスが溜まってんだよ」

兄さんは騎士団員として魔物狩りや、盗賊の討伐なんかをするって言ってた。

でも、ほとんど後方にいて戦えないらしい。

「まあ、こんなでも王族だしね」

「マルス様、それはブーメランですよ？」

「ぐぬぬ……否定できないや」

「いや、リン。まずは『こんなでも』を否定してくれ」

「おっと、すみません」

「クク、変わったな。最初の頃は、ずっとおどおどしてたってのに」

「殴りますよ？」

「こわっ……」

「んで、どうするんですか？」

「俺が一体やる。後の一体はくれてやる」

「じゃあ、初撃で仕留めるね」

「では、私はオルクスを」

「決まりだね」

「うし——行くぜ」

草むらから、リンと兄さんが飛び出し、一気に距離を詰める。

「ゴァア！」

「ゴガァ！」

俺の狙いはオルクスを狙っている方だ。

兄さんやリンに当てないようにするには……コンパクトで威力の高い魔法！

「貫け——石の弾丸《ストーンバレット》」

銃を構えるようにして、指先から石の弾丸を発射する！

気分的には某霊界探偵のレイ○ーン！　って感じで！

「ゴァアァア——!?」

狙い違わず、奴の顔半分を削り取る！

そのまま、そいつは魔石と化す。

「はっ！　すげぇ威力だ！　まるで姉さんを見ているようだ――っと！」

「ゴガァ！」

兄さんが攻撃を躱し、剣を構え……相手の剣と打ち合う！

「ハハッ！　これだこれ！」

「まったく、困った人ですね」

その間に、リンはオルクスを一刀のもとに斬り伏せたらしい。

相変わらず、見事な腕前だ。

「ゴァァ！」

「オラァ！」

「兄さん！　遊んでないでケリをつけてください！　他のが寄ってきたら面倒です！」

「チッ、仕方ねぇ」

一度退き、兄さんは上段の構えを取る。

「ゴガァ!!」

「フリージア剣術、一刀斬馬！」

「ゴガァ……ガ、ガ……」

真っ直ぐ振り下ろし、近づいてきたジェネラルを真っ二つにする。

「うーん、相変わらず格好いいなぁ」

記憶が蘇る前は興味なかったけど、今見ると良いよね。

でも、今更剣術やるのもめんどいからやらないけど。

「チッ、やっぱり鈍ってやがる」

「そうですね。私と稽古してた時の方が、強かったかもしれないです」

「そりゃな。未成熟とはいえ、お前は最強種と言われる炎狐族だ。それと稽古してたなら、強くなるに決まってるわな。何より、師匠として負けられないという気持ちがある」

「あぁーそういうのって大事だよね。張り合いというか、なんというか……」

俺も怖いけど、ライラ姉さんに会いたいかも。

思いっきり、稽古もできるかもだし。

そうすれば、色々実験もできるし。

何より……会いたいしね。

四十話

その後、オルクスを担いでバーバラに帰ると……。

「ライル様！　ご無事でなによりです！」

「よかった！」

「おおっ！」

連れてきた文官や兵士達が待ち構えていた。

「チッ、面倒だぜ」

「そんなこと言わないでください！　貴方に何かあれば、後継ぎがいないのですよ!?」

「兄貴は死なねーよ」

「ですが！　前国王様は！」

「わ、わかった、わかった」

兄さんは、バツが悪そうな表情をしている。

そして、そのまま連れていかれた。

「兄さんは大変だなぁ」

「まあ、国王陛下はまだ結婚もしていませんし……もし何かあれば、ライル様が王位を継承しますから。それもあって、好き勝手にできないのでしょうね。かといって、王族を増やしすぎても問題がありますし。ただでさえ、若い国王陛下は色々言われてますし」

兄さんは結婚できないというより、中々相手が決まらなかった。

それぞれの高位貴族が牽制し合って、中々先に進まなくて……。

俺が出る前に、ようやく決まったけどね。

「うーん、可哀想だね」

「いや、その一端はマルス様のせいですからね？」

「うぅ……そうか、俺が穀潰しと言われてるから」

つまり、彼等の中では俺は継承する対象になってないってことだよね。

いや。それは自業自得だけど……うん、本当に迷惑をかけちゃったなぁ。

「どうします？」

「うーん……今からでも間に合うかな？」

「どうでしょう？　マルス様次第では？」

「そっか……少し考えてみるね」

こんな俺に、好きにやって良いって言ってくれる兄さんのために……。

継承なんかに興味はないけど、少なくとも穀潰しと呼ばれないように……。

どっちにしろ、スローライフを送るには、この領地を上手く発展させなくては……。

よし、少しだけ頑張ってみようかな。

……本当に少しだけだけど。

やる気は出たけど、まずはこれだよねー。

俺達は昼食を済ませた後……。

厨房に向かい、シロにお願いをする。

今のうちにやっておけば、二、三時間後にはできるはずだし。

「シロ、解体したら、このモモ肉のブロックにハチミツを塗っておいて」

「ふえっ!?　お肉もハチミツも、もったいないですよ!?」

「まあまあ、騙されたと思ってさ。夜になればわかるから」

「そ、そうですかぁ？　うーん……わっかりました！」

「うむ、では頼んだよ。俺は仕方ないので仕事に行かねばならない」

「が、頑張ってください！」

素直で可愛いので、いい子いい子をしてあげる。

「えへへ……」

「ほら、行きますよ。やる気を出すんでしょう？」

「まあまあ、リンも撫でてあげ……ナンデモナイデス」

冷たい目をしたリンに、俺は連れ去られるのだった。

でも……美人さんの冷たい目って、素敵だよねっ！

ひとまず私室に戻ると……。

「マルス様、お帰りなさいませ」

「やあ、シルク」

「私も、たった今戻ってきたところですわ」

「レオ、ご苦労様」

「いえ、これがオレの新たな任務と聞きましたので」

都市の中を歩く際には、シルクにはレオが護衛につくように頼んである。

残念なことに、獣人の中には……もしかしたら襲うような者もいるかもしれないし。

「うん、シルクはか弱い女の子だから守ってくれると助かるよ」

「ま、まあ、マルス様ったら」

「俺は、もっとか弱いけどね」

「それ、自慢になるんすか？」

「なりませんね。マルス様も肉体を鍛えないといけませんよ」

「えぇ～やだなぁ～」

「やる気はどこに行ったので？」

「……明日から頑張る」

「それ、絶対頑張らないやつっす」

すると、モジモジしていたシルクが復活する。

「マルス様、ひとまずお話がありますわ」

「わかった。じゃあ、座るとしようか」

「レオさん、ラビを呼んできてもらえますか？」

「おう、わかったぜ」

レオが部屋から出て、入れ替わりにラビがやってくる。

おそらく、話を聞くのも勉強の一環ということだろうね。

そしてソファーに座り、話し合いをする。

「まずは、使節団と共に都市を見てきましたわ」

「そっか、ご苦労様。それで、何か言ってた？」

「概ね好評でしたわ。奴隷の労働緩和の有用性や、仕事時間の問題など……特に、魔法を使って色色やっていることには目から鱗《うろこ》が落ちると。何故、今まで誰もやらなかったんだと。ただ、魔法使いの方々はプライドが高いので難しいとも言ってましたわ」

「多分、昔はやってたんだと思うんだけどね。何処かでずれたんじゃないかな？　特権意識とか、奴隷もそうだけどさ」

「なるほど……あとは、魔法を高いレベルで行使できる人が減っているのも原因ですわね」

何となく想像はつくけど。

多分、魔物退治以外に使わなくなっていって、繊細なコントロールや精度が落ちたんだと思う。

「それもあるよね。ただ、考察してもキリがないから今は置いとこう」

「ええ、そうですわね。あとは、マルス様が女性に偏見がないのが好感が持てると。女性達に働きの場を提供したり……特に侯爵令嬢とはいえ、文官の長に私を指名したことに驚かれていましたわ」

「だって女性だって有能な人はいっぱいいるもん。俺はできる人に任せるよ、だって俺が楽をしたいもん」

「ふふ、マルス様らしいですわ。それで、マルス様は他にやりたいことはありますか？」

やりたいことかぁ……いっぱいあるよなぁ。

「ダラダラしたり、ノンビリしたり、グータラしたり……」

「マルス様、声に出てますからね？　しかも言い方が違うだけで、全部同じ意味ですからね？」

「もう！　マルス様ったら！　相変わらずですの」

「あらら、俺としたことが。つい本音が出ちゃった」

「もう！　それで、他にはないですの？」

「まずは、シルクが言ってたけど、仕事に見合った報酬ってやつ」

「ええ、その能力と地位に見合った……」

「それもいいんだけど……俺は、普通の人が嫌がる仕事をする人の報酬を上げたい」

「ど、どういうことですの？」

「もちろん、能力に見合った報酬も必要だと思う。でも食材を作っている人や、清掃する人の賃金を上げたいかなぁって。だって、彼等がいないと困るのはみんなだよ？　その着ている服は？　食べてる物は？　毎日使ってる物は？　誰がやってるの？」

これは、前世の時も思ってた。

どうして、介護や掃除をする人達の給料が安いのかと。

もちろん、他に能力がなかったからと言われたらそれまでなんだけど。

それでも、生きていく上で必要な職業が低賃金なのが不思議でならなかった。

俺も孤児で、中卒でどうしようもなくて……色々な職種を転々としたし。

「……またしても、目から鱗が落ちましたわ。私は、疑問にも思いませんでした……恥ずかしい」

「ううん、そんなことないよ。人によっては、俺の言ってることは甘いって言われるかもしれないし。そんなのは、そいつらの頑張りが足りないからとかね。でも……頑張っても、どうにもならないことってあると思うんだ」

「はい、そうかもしれないですわ。ですが、現実は甘くないです。そのお金はどこから出すのですか？」

「簡単だよ、今のうちは役人がいないもん。というか、実際そんなにいらないでしょ？」

国会議員とか、町の議員とか、必要ないとは言わないけど、無駄に数が多い。

この世界でも同じことで、仕事もろくにしないのに報酬が高い人達が役人だ。

「そ、それは……貴族から反発が……いや、ここにはいませんね」

「うん、ここには来たがらないし。だから、それの一部を当ててほしい。もちろん、多くなくて良いんだ。それに今すぐでなくても良い。将来的に、そうなれば良いかな」

「わかりました。ええ、たしかに……この街の規模なら、数名いれば事足りますわ。あとは、その下につく者に役職を与えて……ええ、これは私の仕事ですわね」

この都市の人口は約三千人と書いてある。

それくらいなら、上にいる役人はそんなに多くはいらないよね。

「ごめんね、面倒なこと言って」

「い、いえ！　その……嬉しいですの」

「うん？」

「マルス様は、いつもそういう話をすると逃げましたわ」

「……はは、ごめんなさい」

「いえ、変わったなら良いですの。優しいところは相変わらずですし。それで、他にもありますか？」

「やっぱり、魔獣を飼育したいね。そして、特産品なんかも作りたい」

「やはり、そうなりますわね」

「一応、考えはあるんだ」

「聞かせてくださいますか？」

「うん……これこれで……どうかな？」

「……随分と無茶なことを考えますわね。それに、そんなものは知らないですし……ですが、マルス様ができるというならやってみる価値はありそうですわ」

こうして、話はまとまった。

あとは入念に準備をして、実行に移すだけだね。

……なんか、真面目な話をしてしまった気がする。

アァァ！　俺のスローライフは何処へ!?

四十一話

真面目な話をして疲れたので……お料理です！

ただ今、厨房の台に載っているオルクスさんの肉。

シロや、獣人のお母さんや人間のお母さん達が、協力して手早く解体してくれました。

俺は、それを見つめて考える。

「さて、たしか……あれで作れるはずだ」

「何を作るので？」

「マルス様、僕も見てて良いですか？」

「ああ、もちろんさ。シロには覚えてもらわないとね。そのうち、俺の専属料理人になってもらわないと」

「が、頑張りますっ！」

「うむ、道は険しいぞ？　お主についてこれるかな？」

「むむ！　僕、ついていきます！」

「はいはい、楽しそうなのは良いことですが、早くやりましょうよ」

「ふふ、バレているのだよ？」

「な、何がですか？」

「さっきから尻尾を振るのを我慢していることを！」

リンの尻尾をよく見ると、小刻みに震えている。

おそらく、我慢しているに違いない。

「くっ……そ、そんなことはありません」

「ほう？　ではいらないと？」

「っ――!!　た……」

「た？　何だね？　はっきり言ってくれたまえ」

「た、食べたいです……！」

「なに？　バスケがしたいって？」

「……はい？」

「ごめんなさい、少し調子に乗りました。だから――コワイカオシナイデ」

どうやら、俺はタプタプした先生にはなれないようです。

というわけで、気を取り直して……。

「本日はモモ肉を使います！」

「僕が浸けておきました！」

「なるほど、硬い部位で使い辛いやつですね」

そう、牛モモ肉は部位の中では硬い方だ。

ステーキの焼き方が下手だと硬くなるし、煮込んでも硬くて美味しくない。

この世界では人気がない部分だ。

しかし！　俺の知識の中には、アレがある！

もし上手くいけば……特産品になるかもしれない。

「ふふふ、それはさっきまでの話さ。こいつは、今や柔らかい肉に進化したのさ！」

「ハチミツを塗ったことに関係があるので？」

「そういうことだね。お肉っていうのはね、ハチミツを塗ると柔らかくなるんだよ」

「ふぇ～!?　どうしてですか!?」

「うーん……ハチミツの成分の中には、肉の繊維を柔らかくする効果があるんだよ」

流石にブドウ糖とか言っても、わかんないしなぁ。

「へぇ～！　マルス様は物知りですね！」

「いや、これも先人の知恵さ。俺は、まだまだそういう知識を持ってる。シロ、頑張って覚えてくれ」

「はいっ！　僕のお仕事ですねっ！　ラビちゃんに負けられないです！」

へぇ？　ラビとシロは年も近いから仲が良いけど、ライバル的な関係でもあるのか。

「では、調理を開始します。はい、塩胡椒をして……はい、お終い」

「ふえっ!?　他にスパイスとかはいらないんですか？」

「もちろん、つけてもいいけど……まずは素材の味を知ってほしいかな。個人的には、これが一番美味しかったりするし」

「ほえー、そうなんですね……素材の味……なるほど」

まあ、プロではないからわからないけど。

でも、良いお肉って意外とシンプルなのが美味しいって聞くし。

「それで、この後はどうするので？」

「まずは、庭に行きます」

「「へっ？」」

「まあまあ、とりあえず行こうよ」

俺は材料も持って、庭に出る。

「まずは、四方に壁を作ります。その中央に枯れ葉と木を置いて、石の柱を左右に作って、その上に網を載せて……火をつける」

「これで、どうするんですか？」

「まずは、全ての面に均等に焼き目をつける」

俺はトングを持って、肉に焼き目をつけていく。

そのまま一面を四分程度ずつ焼き……。

「これでよしと。そしたら蓋をします」

火を消したら、すぐに魔法で蓋をする。

「さらに密閉性を高めるために——この箱を土で囲む！」

魔法によって、中の温かい空気が逃げないようにする。

「これで、あとは放っておけばいい」

「えっ？　これだけなのですか？」

「ふぇ〜!?　僕にはできませんよぉ〜!?」

「大丈夫、これは俺用だから。一度、やってみたかったんだ。シロには、もっと簡単な方法を教えるね」

その後、厨房に戻り……。

フライパンで同じ要領で、全ての面を五分ほど均等に焼く。

それが終わったら蓋をして、冷めにくいように暖炉の近くに置く。

「こ、これだけですか？」

「うん、そうだよ。簡単でしょ？」

「でも、火が通ってないですよ？」

この世界には、よく焼いて食べるという習慣がある。

それ故に、低温調理などがない。

「ふふふ、これで余熱調理をしているのだよ」

「余熱……残りの熱さで火を通すってことですか？」

「おっ、良いこと言うね。うん、そういう感じだね。ただ気になる人や、小さいお子さんや妊婦さんには、切ってからさらに焼いた方が良いかも。それでも、十分柔らかくなってるはずだから」

「はいっ！　わかりました！」

シロは一生懸命にメモを取っている。

「では、獣人は平気ですね。時には生肉でも食いますから」

「それは野性的すぎる……」

「もちろん、好んでは食べませんよ？　それしか与えられない場合もあるので」

「そうだね……それはなくしたいね」

「ふふ、ありがとうございます」

その後は、指導している魔法使いの様子を見たり。

風呂に入ったり、シルクの髪を乾かしたり。

そうこうしている間に……夜になる。

俺は作ってあったカマクラもどきの前に、みんなを案内する。

「マルス様？　部屋の外で食べるんですの？」

「うん、こっちのが雰囲気出るかなって」

「でも、寒いですわ」

「おう、さみいぜ」

「まあ、そこは任せてよ――ドーム」

俺のイメージ通りに魔法が発動して、即席のドーム状の建物ができる。

もちろん天井には穴を開け、夜空が見えるようにして、さらに煙がこもらないようにする。

「ふえっ？　……す、すごいですわ！」

「まじか!?」

「ん？　ああ、そっか」

昨日来たシルクや兄さんの前で、こういうのは使ったことなかったね。

「私は、もう慣れましたけどね」

レオやベア、シロやラビ、マックスさんやヨルさんまで頷いている。

「まあ、まずは入ってよ」

俺が作ったドームの中に、みんなを入れたら、最後に俺が入る。

そしたら入り口を魔法で閉める。

これで、そこまで寒くはないだろう。

「そしたら、椅子とテーブルを作って……ラビ、肉をどかして、代わりに持ってきた鍋を置いてくれる？」

「はいっ！」

肉を焼いていた場所に鍋を置いて、再び火をつける。

その場所を、皆で囲む形で席に着く。

「じゃあ、僕が切りますね！」

「うん、任せるね」

持ってきたまな板をテーブルに載せて、肉に包丁を入れ……。

「さて、できたかなぁ～っと……おおっ！」

「わぁ……綺麗です！」

赤みのある色合い、しっかりした焼き目……間違いない、ローストビーフの完成だ！

「よし！　皿に盛って食べよう！」

それぞれの小皿に切った肉をよそい、全員に配る。

「皆さん！　それはローストビーフという名の食べ物です！　生に見えますが、しっかりと中に火は通ってます！　気になる人は、網の上で焼いてください！　それではいただきます！」

『いただきます！』

全員の声が聞こえたあと……俺は肉に齧り付く！

「もぐもぐ……うまい！」

噛まなくても口の中でとろける肉！　じっくり火を入れたことで肉の旨味が凝縮されてる！

「う……うめぇ！　おい！　マルス！　うめえぞ!?」

「お、美味しいですわ……私が食べたことのない……はぁ」

「うんうん、二人の歓迎の意味もあるから、喜んでくれて良かったよ」

どうやら、シルクは軽く火にかけたようだ。

そして、他の連中を見ると……。

「もぐもぐ……マルス様、これおかわりしても？」

「オレも良いっすか!?」

「主人、俺もだ」

「僕も！」

「わたしも！」

さらには……。

「わ、私も良いですかな？」

「お、俺も食べたいです！」

どうやら、みんな気に入ってくれたようだ。

「よし！　シロ！　どんどん切ってくぞ！」

「おー！」

二人で次々と切っては、みんなの口に入っていく。

俺も切ってはシロの口に入れ、自分も食べる。

うん、これを特産品にできれば良いかも。

割と日持ちするし、うまい。

さらに、方法さえ知っていれば作るのも簡単だ。

後の問題は……オルクスの飼育だね。

外伝～ライルの決意～

……あのマルスがねぇ。

俺は午前中に剣を振るいつつ、ここ数日のことを思い出す。

ここに来てから驚くことばかりだ。

全然進んでないだろうと思って来てみれば……。

すでに、俺が聞いていた都市とは違うものだった。

通りを歩いてみればゴミは落ちていないし、臭いニオイなんかもしない。

街行く人には笑顔の奴が多い。

奴隷ですら、悲壮感に溢れた顔はしていなかった。

「まあ、怠け者だが優しい奴だというのは知っていた。だから、ここまではそれほど驚いてはいないが……」

知らない料理の数々、風呂や経済のこと……俺と一緒に勉強を嫌がっていたくせになんだ？　よく考えてみると、たしかに本だけは読んでいたか？

「そういや王族だけが入れる書庫に籠もって、よく叱られていたな。いつまで入ってるんだって……クク、懐かしいぜ」

そこで独学で学んだということなのかもしれん。

そして、下手に知識を晒《さら》すと危険だと自己判断したか？

「あいつは優しい子だからな……きっと、兄弟間で争いになるのを嫌がったんだろう」

何より、問題はあの魔法だ。

最初見た時は、目を疑った……あんな威力の魔法は、ライラ姉さん以外に見たことがない。

「あいつが、隠すわけだな。生まれた時神童と言われていたマルスが、あんな魔法を使えることが最初から知れわたっていたら……俺達兄弟の関係性は変わっていただろう」

一汗かいた俺は風呂に入った後、暖炉の近くのベンチに座る。

「ふぅ、良い汗かいたぜ。やっぱり、なまってんな」

俺は王族であるゆえに、戦うことは少ない。

この王国の誰よりも強いのにだ。

俺が前線や魔の森に行けば、他の奴より役に立つっていうのに。

あの頭の固い馬鹿大臣共が邪魔しやがる。

だったら、兄貴の結婚の邪魔をするなって話だ。

「ようやく、結婚も決まったし……これで、少しは自由に動けると思うが」

それでも、連れてきた奴等はうるせえし。

とりあえず、できるだけここにいて、身体を鍛えなおさねえと。

いざ戦いになってからでは遅い。

「ふぁ……真面目なことなんか考えてたらねみいな……少し寝るか」

俺は近くにあったベンチに座って、仰向けになる。

すると、風呂上がりの気持ち良さから……あっという間に意識が飛んでいく。


うん？　……これは、昔の夢か？

小さいマルスと俺がいる。

「兄さん！」

「どうした？　マルス」

「僕はもう嫌です！　勉強も魔法の稽古も武道の稽古も！」

「おいおい、武道くらいはやろうぜ？」

「えぇ〜めんどくさいです」

「ハハッ！　相変わらずだな！」

「だって、ダラダラしたいですもん」

「なんでだ？」

「うーん……わからないですけど」

「それじゃあ、兄貴は納得しないぜ？」

「むぅ……」

そうだ、こうしてよく勉強から逃げ出していた。

そして、木の上に登って二人で話をしていたな。

俺とマルスは変わり者同士で、よほど気が合ったのだろう。

二人共、問題児扱いをされてきたし。

「マルス～！」

「マルス！　出てこい！」

「げげっ、ロイス兄さんとライラ姉さんだ……！」

「おーい！　マルスならここだぜ！」

「ちょっと!?　ライル兄さん!?　裏切るの!?」

「ハハッ！　すまんな、マルス。俺も、二人には逆らえん」

「ぐぬぬ……！　おのれ、ブルータスめ！」

「いや、俺の名前はライルだが？」

「あれ？　今、なんで出てきたんだろう？」

こいつは、時折不思議なことを言う奴だった。

自分でも意味がわかっていないようなことを……。

それもあって、変人扱いされてたっけな。

マルスは仕方ないって表情で、木から下りていく。

そして、いつも通り兄貴に叱られる。

「マルス！」

「ご、ごめんなさい！」

「まあまあ、お兄様。いいじゃないの」

「姉さん！」

マルスはいつものように、ライラ姉さんの後ろに隠れる。

「まったく！　お前はマルスに甘すぎる！」

「だって可愛いもの。お兄様は煩《うるさ》いし、ライルは可愛くないし」

「悪かったですね、可愛くなくて」

「ほんとよ、図体《ずうたい》ばかりでかくなって」

「僕はライル兄さんはかっこいいと思います！」

「おっ、嬉しいこと言ってくれるな。しかし、その手には乗らん。大人しく兄貴に叱られるんだな？」

「ぐぬぬ……」

「げっ！」

「ライル、お前もだぞ？　勝手に抜け出しおって……」

「へへーン！　ざまぁみろ！」

「『マルス！』」

「姉さん！　助けて！」

「あらあら、仕方ないわね」

……そうだ、いつもこんな感じで過ごしていたな。

まだ俺も騎士団に入ってなく、姉さんも宮廷魔道士でもなく、兄貴も即位する前だった。

まだ幼いマルスを囲んで、四人で過ごしていた……いい思い出だ。

そして、三人で誓ったんだ。

俺達三人は、両親の顔や愛情を覚えている。

しかし、マルスはほとんど覚えていない。

だから、俺達で愛情を注いでやろうって……そう決めたんだ。

兄貴は厳しくし、俺が遊び相手になり、姉さんが甘やかすと。


「さん……兄さん！」

「……あん？」

「風邪ひきますよ？」

目の前にはマルスがいて、俺の髪を乾かしている。

「おっと、すまねえな。つい眠くてよ」

「まあ、気持ちはわかりますよ。でも、いくら脳筋の兄さんでも風邪ひきますからね？」

「脳筋言うなよ。まったく……生意気になって」

俺は昔みたいに、マルスの頭を小突く。

「イテッ……兄さんこそ、相変わらずですね。豪快で、無神経で、がさつで……」

「おい？」

「でも……いつでも、俺と遊んでくれましたね……優しい兄さんです」

「マルス……」

「ら、らしくないこと言いましたね！　さあ、お昼ごはんを食べましょう！」

「クク……ああ、そうだな」

今のマルスだと……このままでは、何やら騒動を起こしそうだな。

仕方ない、兄として……付き合ってやるとするか。

それが、次兄である俺の役目だからだ。

幕間～ロイスの気苦労～

さて、今頃マルスはどうしているだろうか？

最初、マルスを送る時は意外となんとかなると思っていたが……。

ライルを送ったが、あの二人は揃うとおふざけがすぎるところがあるから心配だ……。

やはり、ライルではなくライラを行かせるべきだったか？

しかし、ライラはマルスに甘すぎるし。

「はぁ、ままならないものだ」

「国王陛下？」

宰相であり、古参の臣下であるルーカスが、俺の独り言に気づく。

「いや、すまない。少しマルスのことを心配していてな」

「マルス様ですか。市民から不満が出てますね」

「まあ、市民には人気があったからな」

サボって、よく街に出かけていたからな。

人を見下さないあいつは、民にとっては良き王族だったのだろう。

「しかし、私は後悔しておりません。あの方が義務を果たしていないのは事実ですから」

「ああ、わかっているさ。税金で生かされている以上、国のために働かなくてはいけない」

「はい、仰る通りです」

ルーカスは融通はきかないが、悪い人間じゃない。

マルスのことだって、好きで追放したわけでもない。

それに、最終的に決めたのは俺だ。

厳しくするのが、長兄である俺の役目だからだ。

「まあ、心配しても仕方ないか」

「ええ、幸い失敗しても損害はありません」

「俺は、そういうのは好かん。今回だって、あの地を救うつもりでいる。ようやく、この国を掌握し始めたんだからな」

「失礼いたしました……おや？」

足音が聞こえ……私室の扉がノックされる。

「国王陛下、バランです」

「近衛《このえ》騎士バラン、入室を許可する」

「はっ！　失礼いたします！」

扉を開け、二メートル近い無骨な男が入ってくる。

「国王陛下、オーレン様が帰還いたしました。至急、お時間をいただきたいと申しておりますが……如何なさいますか？」

「なに？　すぐに通すように伝えてくれ」

「御意」

すぐに出ていき、扉が閉まる。

「あのオーレンが至急か……」

「やはり、何か問題があったのでは？　もし、あの方がお怒りになられると……色々まずいですな」

オーレンは友人でもあった父が亡くなってから、すぐに俺の味方になってくれた。

もし、奴が敵に回っていたら……俺は傀儡《かいらい》になっていた可能性すらある。

マルス……頼むぞ？　オーレンを怒らせることだけはしないでくれ……あぁ、胃が痛い。

そして十分後、オーレンがやってくる。

「国王陛下、お時間をいただきありがとうございます」

「いや、こちらこそご苦労であった。忙しいお主を動かしたこと、すまなく思う」

「いえ、私自身も望んだことなのでお気になさらずに」

どうやら、機嫌が悪いようではない。

よし、ひとまず落ち着いて聞けそうだ。

「助かる。それで、至急という話だったが……何があった？」

「はい。おっと……その前に来たようですな」

「なに？」

すると……。

「バラン！　退きなさい！」

「し、しかし、許可が……」

「マルスの情報よ！　私も聞きたいわ！」

「あ、いや、その……」

……はぁ、ライラか。

「すみません、私が呼びました」

「なに？　そうか……バラン！　許可する！」

「か、畏まりました！」

すぐにライラが入ってくる。

「お兄様！」

「ま、まあ、落ち着け」

「オーレン！　マルスは無事なの!?」

「お、落ち着いてください」

「コホン！　ライラ様、話が進みません。出ていってもらいますよ？」

「宰相……わかったわよ。じゃあ、黙ってるから」

普段は冷静なくせに、相変わらずマルスが絡むとこれだ。

「では、私が見聞きしたことをお話しします……言っておきますが、誇張もしていない真実であることだけは先に申しておきます。そして、聞き終わるまで質問はなしでお願いいたします」

オーレンはバーバラでのマルスの数々の活動を話し続けた。

……マルスが？

あの勉強も武道も魔法もサボっていた……あのマルスが？

食糧難や奴隷問題を解決しつつ、立派に領地改革を進め……。

終いには、魔法使いとして一流の力を持っていたと？

「それは、本当なんだな？」

「ええ、この目でしかと」

「ほら！　マルスはすごいのよ！　私にはわかってたわ！　お兄様だって、あの子には何かがあるって言ってたじゃない！」

「い、いや、そうだが……」

ここまでなんて聞いてない！

あいつは何をどうしたんだ!?

それだけならまだしも、この国のことを考えて黙っていたと？

「……俺は馬鹿だったな。そんなことも知らずに、あいつにひどいことを言ってしまった」

「いえ、マルス様は気にしてないご様子でした。おそらく、兄である貴方を好きなのでしょう。故に、争いたくなかったかと思います」

「そうか……そうだな、優しいあいつのことだ。俺が即位して、掌握するまで待っていたのかもな」

全く、何が人を見る目があるだ……調子に乗ってはいけないな。

「ふむ、あのマルス様が……俄《にわ》かには信《しん》じ難《がた》いですが」

「私が嘘を申すと？」

「い、いえ、そんなことはありません」

「ふふ……ふふふ……」

「ら、ライラ？」

「お兄様、私行くわ」

「へっ？」

「マルスに会いに行くわ」

「いや、しかし……」

「止めても無駄よ」

いや、お前を止められる奴なんかいないし……。

「平気よ、私の副官達は優秀だから」

「はぁ……まあ、今は冬だから戦いもないしな。あっても、そこまで問題にはならないか」

「いいの!?」

「いいのって……ああ、良いよ。お前にも休みを取ってもらわないといけないし」

「やったわ！　お兄様、ありがとう！」

「まったく、都合のいい時だけ妹になる奴だ」

まあ、特にマルスを可愛がっていたからな。

会わせておかないと、どっかで爆発するだろうし。
マルスよ、すまん。
国王である俺にも、ライラを止めることはできない。
はぁ……長男は胃が痛いよ。

エピローグ

ライル兄さんやシルクが来て二日目の夜、俺は――悩んでいた。

それは、今朝の出来事が原因だ……。

◇

昼ごはんを食べ終えたシルクが……。

「ふぁ……」

「あらら、寝不足かな？」

「ふえっ!?　マ、マルス様!?　いつから見てましたの!?」

「いや、ずっと横にいたけど？」

どうやら、疲れてるみたいだ。

……よくよく考えてみたら、当然かもしれない。

ここまで数日かけて馬車で来て、ここでの色々な出来事……。

うん、疲れない方がおかしいね。

「そ、そうでしたの……でも、そういうのは見ないふりしてくださいね……恥ずかしいですの」

「ご、ごめん、心配になっちゃって」

「い、いえ……」

たしかにデリカシーがなかったかも。

はぁ……こんなんだから、女心がわかってないとか言われちゃうんだよね。

「なんだ、なんだ、欠伸《あくび》くらいいいじゃねえか――どっちにしたって、いずれ見ることになるんだからよ」

「……どういう意味ですの？」

「兄さん、どういう意味？　なんでニヤニヤしてるの？」

「あん？　何言って――」

兄さんが何か言いかけると、リンがすっと横に立つ。

「ライル様？　こっちに来ましょうか」

「お、おい？　わ、悪かった！　そんな怖い顔すんなって！」

「いいから――腹ごなしに稽古でもしましょう」

「オ、オウ……オテヤワラカニ」

襟を掴まれ、兄さんが引《ひ》き摺《ず》られていく……。

相変わらず、闘気ってすごいや。

「……はっ!?」

「わぁ!?　び、びっくりしたぁ。急にどうしたの？」

「い、いえ！　……はぅぅ……そういう意味ですの？」

「ん？　何が？」

「な、何でもありませんわ！」

……何だか、仲間外れなマルス君なのでした。

◇

うーん……どうしよう？

シルクってば、夕ごはん食べた後も働いてるみたい。

「心配だなぁ」

流石の俺も、好きな女の子が一生懸命に働いているのに、のんびりしてられる神経は持ってない。

そんなのは、ただの駄目男だ……いや、すでに駄目男だったね。

「それに、もしこれでシルクが倒れようものなら……ブルブル」

オーレンさんに殺されちゃうよぉ～！

「ここは、何とかしないと。シルクは強情だから、休めと言って休むタイプではないよね。だから上手く休ませるか、何か身体に良さそうなものを……」

「マルス様？　何をぶつぶつ言ってるのです？」

「あれ？　リン、いつの間に」

「さっきからいましたよ？　今度は、何を企《たくら》んでいるのですか？」

「むっ、失敬な。俺だって、たまには……ん？　何か用事あった？」

「ああ、そうでした。シルク様、やる気があるのは良いのですが……」

「やっぱり、疲れてるよね？」

「ええ、今朝から働きすぎですね。ただでさえ慣れない長旅や、慣れない環境での疲れが出ているのに。ですが、あの通り頑張り屋さんなので」

「うーん、シルクの良いところでもあるけど心配だよね。俺みたいに、たまにはダラダラしないと」

「いや、マルス様並みにダラけられると困りますが」

「うげっ……そ、それで？」

「いえ、私が言っても聞かないので、マルス様に考えていただこうかと。どうせ、暇でしょうし」

「ねえ、最後の一言いる？　絶対いらないよね？」

「では、私はこれで」

「ちょっと!?　無視しないでエェ〜！」

クスクスと笑いながら、リンが部屋を出ていった。

その後、俺も部屋を出て、ウロウロしながら考える。

うーん……身体に良くて、疲れが取れるもの……あっ！

あることを思いついたので、まずは許可を取りに行く。

「ベア〜！　レオ〜！」

「主人？」

「ボス、どうしたんで？」

庭で稽古をしていた二人に駆け寄る。

「ハチミツ使っても良いかな!?」

「むっ？」

「ボス、何に使うんですか？」

「おっと、いけない……えっと、食事用じゃないけどハチミツを使いたくて……」

ハチミツは、何も食べるだけのものじゃない。

色々と使い道がある……でも、これはもったいない使い方だ。

「よくわからないが、使えば良いのでは？」

「そうっすよ」

「良いの？　食べるわけじゃないから贅沢かなって。あれは、みんなで取ったものだから」

「「……」」

二人が顔を見合わせて固まる。

あれ？　なんか変なこと言った？

「ククク……」

「ハハッ！　ボスは相変わらずっすね！」

「なんで笑うのさ？」

「いや、俺は……良き人族に出会えたと思ってな」

「同じく」

「……よくわからないけど、使って良いってこと？」

「「もちろん」」

そう言って、二人は歯を見せて笑うのだった。

次に厨房へと向かうと……丁度よく、二人がいた。

「「マルス様？」」

「やあ、シロにラビ。一緒にいたの？」

「「はいっ!!」」

ウンウン、幼い二人が仲良くしてると微笑ましいね。

そして、二人にも同じことを尋ねてみると……。

「えへへ、良いですよ」

「良いに決まってます！」

「そ、そう？　なら、ありがたく使わせてもらうね」

「ラビちゃん！　僕達は幸せだね！」

「うんっ！」

なんかよくわからないけど、二人も嬉しそうだね。

最後に、リンを探し出し……。

「いたっ！」

「マルス様？　どうしたのですか？」

リンにも、同じことを伝える。

「ふふ……貴方は相変わらずですね」

「うん？　なんか、みんなにも笑われたというか、喜ばれたというか……」

「それはそうでしょう。マルス様が、無意識に我々を対等に扱ってくれているということですから」

「つまり、どういうこと？」

「クス……良いんですよ、貴方はそのままで」

結局、ここでも笑われてしまった……まあ、いっか。

許可を得た俺は、ハチミツの入った壺を一個頂戴し、それをリンに預けて準備をお願いしておいた。

そして、シルクのいる部屋へと向かう。

「シルクー、いるかなー？」

「マルス様？　入って良いですの」

「失礼しまーす」

中に入り、シルクに近づいていく。

「マ、マルス様？」

「動かないで！」

「は、はぃ」

よく見てみると、目の下にクマがうっすらと見える。

肌こそ荒れてないけど、これだといつ荒れてきてもおかしくない。

せっかくこんなに綺麗なのに、それじゃもったいない。

「シルク、あんまり寝てない？」

「……はぃ、ごめんなさい」

「ううん、謝るのは俺の方だよ。ほら、行こう」

「えっ？　で、でも、まだ確認する書類が……」

「だーめ、シルクの身体が優先。明日以降、俺も手伝うから」

強引にシルクを引っ張り、部屋の外へと連れ出す。

「ど、どこに行くんですの？」

「まあ、良いから」

「も、もぅ……こんなの初めてですわ」

「はい？」

「い、いえ……」

すると、何故か顔が赤くなるシルク。

あれ？　やっぱり体調悪いのかな？

よし、リラックスしてもらわないと。

連れてきたのはお風呂場です！

「マ、マルス様!?　そんなの……まだ早いですわ！」

「はい？　いや、早くないし」

「そ、そんな……マルス様ってば、意外と大胆ですの……でも、お父様になんて言えば……」

あれ？　壮絶に話が噛み合ってない気がする……。

しかも、何故か――死亡フラグが立った気もする。

「お二人共、どうしたのですか？」

「あっ、リン。用意できた？」

「そ、そんな！　リンも一緒だなんて！」

「あれ？　リンもやる？」

「や、やる……はぅ……ハレンチですわ」

「……なんだか、変なことなってますね」

その後、リンがシルクを壁際に連れていき……。

俺は戻ってきたシルクによって、何故か正座をさせられます。

「コホン……マルス様！」

「は、はい」

「そういう時はきちんと説明してください！」

「ご、ごめんなさい！」

なんで怒ってるのかわからない……女子って不思議。

「えっと、つまりどういうことですの？」

「シルクが疲れてると思ったから、休んだ方が良いかなって」

「それは……たしかに。ですが、お風呂場というのは？」

「ここなら濡《ぬ》れても平気だし。まあ、とりあえず着替えて」

俺は一度出て、着替えが終わるのを待つ。

「マルス様、できましたよ」

「じゃあ、入るよ……おっふ」

「な、なんですの？」

濡れてもいいようにバスローブに着替えてもらったけど……。

なんというか、ナイスなバディが丸わかりなので……鼻血出そうですね！

「い、いや、じゃあ、お風呂場行こうか」

「な、なんだか、変な気分ですの。へ、変なことしないですか？」

「大丈夫ですよ、マルス様が変なことしたら――さあ、行きましょう」

「ちょっと!?　怖いからそこでやめないで！」

何!?　どゆこと!?　切られちゃうの!?

とりあえず無事？　にお風呂場に入り、椅子にシルクを座らせる。

バスローブから覗けないように、髪を切る時に使う布をかける。

……別に残念になんか思ってないんだから！

「それで、何をしますの？」

「まずは温かいお湯をかけるよ――ヒートシャワー」

手のひらから、温かいシャワーを発生させる。

これは、火と水の複合魔法だ。

「はわぁ……気持ち良いですの……」

「ふふふ、これを使えるのは世界広しといえど俺くらいだからね」

まず複合魔法であること。

あと、シャワーというものがない世界だし。

「それは贅沢ですわ……頭皮に当たる感じが気持ち良いです……」

「でしょ？　そしたら……ハチミツを揉み込みます！　リン、よろしくね」

「はい、お任せください」

うつらうつらし出したシルクに、リンが優しくハチミツを揉み込む。

「はえ？　……ハ、ハチミツですの!?」

「そうだよー、ハチミツは髪の毛にも良いんだ。艶が出たり、潤ったりするし」

「それは素敵ですの……はふぅ」

ウンウン、頭揉まれるのって気持ち良いよね！

その後、五分ほど放置する必要があるので……。

「さて、お話ししようか」

「あの……私、無理してますか？」

「うん、そう見えるね。まだ二日目だよ？　まずは、旅の疲れを取ったり、生活に慣れないと」

「ですが、仕事がたくさんありますわ」

「まあ、それはそうなんだけど……休むことも仕事だと思うんだ。それで、結果的に早く済んだりするし」

これは、リンにも言ったことだ。

上にいる者が休まないと、下の者達も休めないから。

……決して、俺がダラダラしたいだけではありません。

「……一理ありますの」

「でしょ？　それに働いてばかりじゃ、俺の怠け具合が目立っちゃうよ」

「もう！　マルス様ったら！」

「はは、ごめんごめん。でも、こうしてゆっくり話す時間は欲しいかな。せっかく、一緒に住んでるわけだし」

このままじゃ、下手するとごはん以外で会うことがない。

さすがに、それは寂しいよね。

「マルス様……はい、わかりましたわ」

「なら良し」

「そういえば……昔はよく、こうして三人でお喋《しゃべ》りをしてましたわ」

「シルク様が領地に帰ったり、私は稽古で忙しくなってしまいましたからね」

そうだった。

リンは冒険者ランクを上げたり、シルクは領地についての勉強で忙しくなった。

えっ？ 俺ですか？ ……はい、惰眠をむさぼっていました……ごめんなさい！

しかし、この話題はまずい……何とか逸らさないと。

「そ、そうだね！ あと、よく二人とかくれんぼしてたね」

「「いや、それは違いますよ??」」

「へっ？」

「マルス様が逃げ回っていただけですの」

「それが結果的にかくれんぼになったかと。というか、正確に言えば……マルス様を見つけごっこですね」

「リン！ それですわ！ 私達、散々探し回って……」

「ほんと、見つけるの苦労して……」

「それで仲良くなったんですわ」

「ええ、そうでしたね。ほんと大変で……」

「そ、そっか……あっ！ そろそろ洗い流そうか！」

い、いけない！ 良くない話の流れだ！

「……まあ、いいでしょう」

「クスクス……はい、よろしくお願いしますの」

「コホン！　はい、いきますよぉ～」

温かいシャワーを流し、綺麗にする。

洗い流した後は、リンの仕事だ。

背中や足にも、ハチミツを揉み込むために、俺は風呂場から退散する。

流石に生身の身体は見れない……残念ながらね。

……ん？　誰かの声が聞こえる？

「んぁ……あれ……リン？」

「ほんと、よく寝ますね」

どうやら、うたた寝をしてたらしい。

「マルス様、お待たせしてすみません」

「ううん、平気だよ。じゃあ、乾かそうね」

その後、二人の髪を乾かすと……。

「なんでしょう？　ハリというか、艶が出たような……」

「でしょ？　それ、寝る前に顔に塗ったりすると良いんだよ。プルンプルンのお肌になるし、保湿効果がもあったり」

たしか、ハチミツパックとかあったもんね。

「マルス様——今なんと？」

「はい？」

「どうやるのですか⁉」

「え、えっと……」

覚えている限りのことをシルクに伝える。

ハチミツを水で薄めたり延ばしたりして、顔に塗ったり……。

「こうしてはおれませんの！　リン、行きますわ！」

「はいはい、お伴《とも》しますよ——私も気になりますし」

「ふふ、リンも女の子ですものね」

そう言い、二人仲良く歩き出す。

そして、一人放置されるマルス君なのでした。

「まあ、シルクの元気が出たからいいか」

ああ言ったけど、シルクに頑張ってもらわないといけない部分はあるし。

かといって、倒れられると困る。

「はぁ、仕方ないね。お仕事手伝って、俺もスローライフに向けて頑張るとしますか」

……相変わらず、矛盾した言葉である。

スローライフとは……なんぞや？

皆さま初めまして、おとらと申します。

一応、他社ではデビューしておりますが、作家歴一年目の新人でございます。

この度は、本作品を手にとって頂き、誠にありがとうございます。


初めての後書きで何を書いていいやらわかりませんが……まずは作品について。

本作品は、とにかく優しい世界観を目指した作品となっております。追放＝ざまぁを覆し、基本的に嫌な人は出さないことを心がけ、優しい世界をコンセプトにしました。一つくらいはこういう優しい物語もあって良いかなと。読んでくださった方々にほっこりしていただければ作者冥利につきます。


次に、執筆に当たってお世話になった方々にご挨拶を。

まずは、イラストレーターの夜ノみつき様。初めてキャラデザが届いた時、感動で震えました。ええ、いい歳《とし》こいて思わず部屋の中を駆け回るくらいに。とても可愛《かわい》らしくて、私はイラストレーターの方に恵まれたなと、本気で思いました。お仕事を引き受けてくださったこと、素晴らしい絵を描いてくださったこと、誠にありがとうございます。今後も、どうぞよろしくお願いいたします。

次に担当編集になってくださった電撃文庫編集長の阿南《あなん》様。

まずは私の作品を選んでくださったことを感謝いたします。

初めてお会いする際に遅刻（迷子により）したこと、誠に申し訳ありませんでした。電撃文庫ファンなのでガチガチに緊張した私に『気にしない、もっとフランクに』と言ってくれましたね。お忙しいと思いますが、またお会いできれば嬉《うれ》しいです。

今度は、エルデンリングの話とかしたいですね（笑）

そして、もう一人の担当である井澤様。

井澤様にも、大変お世話になりました。

機械に弱い私に、書籍化作業のやり方を丁寧に説明してくださいました。

以前は井澤様がお風邪を召されてお会いできなかったので、機会があれば直接お礼を言いたいです。


そして、web読者の皆様に感謝を。あなた方の応援がなければ、そもそも本になっていません。支えてくださり、本当にありがとうございました。

最後に、この本を手にとってくださった方。そして、この本の制作に携わった全ての方々に感謝いたします。

では、また次巻でお会いできることを願って。

電撃の新文芸

国王《こくおう》である兄《あに》から辺境《へんきょう》に追放《ついほう》されたけど平穏《へいおん》に暮《く》らしたい

～目指《めざ》せスローライフ～

著者／おとら

イラスト／夜ノ《やの》みつき

2023年1月17日　初版発行

発行者／山下直久
発行／株式会社ＫＡＤＯＫＡＷＡ
〒102-8177　東京都千代田区富士見2-13-3
0570-002-301（ナビダイヤル）
印刷／図書印刷株式会社
製本／図書印刷株式会社

【初出】……………………………………………………………………………………

本書は、2021年から2022年にカクヨムで実施された「第7回カクヨムWeb小説コンテスト」異世界ファンタジー部門で《特別賞》を受賞した「国王である兄から辺境に追放されたけど平穏に暮らしたい～目指せスローライフ～」を加筆、訂正したものです。

ISBN978-4-04-914807-7　C0093　Printed in Japan

ファンレターあて先

〒102-8177
東京都千代田区富士見2-13-3
電撃の新文芸編集部

「おとら先生」係
「夜ノみつき先生」係